幻境迷踪

封面插图　游素兰

巫灵　著

U0095711

北岳文艺出版社

凶兽类聚

巫昊 著

封面插图 蒋春兰

北岳文艺出版社

目 录

主要人物介绍

关书彦
大一的学生，有点吊儿郎当兼漫不经心，头发微长到脖子。

韦杰
高二的学生，是个乖乖牌，个性正直认真，却常被关书彦欺负。

白衣女子
总是身穿白衣的谜样女子，年约二十出头。

巫咸
神巫，给人一股沉静闲雅的感觉，二十出头，额心有个淡粉色的弯月印记，弯月朝上。

瑶姬
十五岁左右的女孩，活泼好动，全身充满活力。

人物介绍

西王母

平时穿着虎面豹皮衣遮住全身，让人看不到她的样子，但脱下虎面豹皮衣后，却是个娇小可爱的女孩，看起来只有十五岁左右。

女娲

发长及地，眼睛像是蛇一样带有魔魅之气，人面蛇身的冷艳女神。

1

序之章

Chapter 1 序之章

关书彦勉强随手抽出一副，
连看都没看，
……
罢了罢了，看来一切都是天命。

幻境迷踪
huan jing mi zong

一、序 之 章

听了同学的推荐，关书彦来到一间看起来很诡异的杂货店。

它隐身在高楼大厦林立的台北市巷子里，店面老旧不起眼，营业时间也没个准则，爱开就开，爱关就关，却能以这种营业法屹立不摇长达十年之久，可算得上是奇迹中的奇迹。

从外表看来，古色古香的中式建筑，橱窗内摆的都是漂亮的磁盘花瓶，感觉上比较像是古董店，但是进入店里面，却又发现此处什么东西都卖，墙上地上摆满了琳琅满目的物品，就像个小型跳蚤市场，各种稀奇古怪的东西都找得到，因此才会被附近的邻居戏称为杂货店。

关书彦有些迟疑，这种奇怪的店真会有什么好东西？

"算了，既然人都来了，那就进去看看吧。"

一踏进大门，关书彦随即眼睛一亮，马上就被店内五花八门的特殊物品给吸走了注意力。

小陶瓷娃娃、琉璃灯、泰迪熊、绣花鞋，各种不同风格的东西全部齐聚一堂，就好像来到大同世界的小王国一样。

柜台后有一名年轻小伙子，他抱着塞满又黄又旧的滚动条的筒子，忍不住边咳嗽边抱怨："真是的，放在仓库这么久都没整理，都蒙上一层灰了。"

见到有客人在店里，他马上和蔼地笑着，"客人，需要我为你服务吗？"

"不用，我随便看看，你忙你的吧。"

"那好，请你慢慢挑吧。"

年轻小伙子继续整理手边的滚动条，而关书彦则在店内随意走动，不经意地，他来到玻璃橱窗前，看到了一个小戒指。

雪白的戒指，本身还带有淡淡的透明感，感觉上像是玉之类的东西，而戒指上刻了一圈几何图样，再配上鲜红的痕纹，看起来很显眼也很特别。

"送这个戒指给小仪，她应该会喜欢吧？"他记得她喜欢带有民族风的小饰品，这个应该不错。

此时年轻小伙子也走到橱窗前，"你看上了那个戒指？"

"嗯，可是……会不会很贵呀？"

"放心，只要你真的想买，在价钱方面，我们是绝对不会刁难人的。"

"真的这么好？"看来这次还真是来对地方了。

"那是当然。"年轻小伙子摆出童叟无欺的职业微笑，"而且你挑今天来真是刚刚好，为了庆祝本店开店十周年，

只要消费便送你另外一样东西，保证让你物超所值！"

他马上走到柜台后，把他刚才从仓库内搬出的那一筒滚动条给拿到关书彦面前，"随便挑一张吧。"

"嘎？"这是怎样？

"快呀，快挑一张，里面有古画、书法等等值钱古董，机会难得只有今天哦。"

关书彦只觉得自己额上出现三条尴尬黑线，他要这种东西干什么？"这个……你的好意我心领了。"

"不用不好意思，就挑一张吧。"

"天……天啊……"这个人会不会热情过头了点？

拗不过年轻小伙子再三的努力推销，关书彦勉强随手抽了一幅，连看都没看，结完账后就赶紧离开，这种奇怪的地方还是少待一点的好。

此时恰巧从店外走进一位上了年纪的老者，"怎么，今天有客人上门呀？"

"是呀爷爷。"年轻小伙子笑道："我替你卖了一枚戒指，还附送他一幅滚动条。"

"戒指？"老爷爷马上冲到橱窗前，"你卖的是放在这里面的戒指？"

"没错呀，怎么了？"

"你这个笨蛋！"

老爷爷忍不住用手中的扇子送他一记当头棒喝，"叫你好好学你不听，这店里哪些东西能卖、哪些东西不能卖，你到现在还搞不清楚！"

"这……这不能怪我，我才来打工没多久呀。"

况且店内摆放的东西五花八门，多到数不清，他真要能完全记住哪些能卖、哪些不能卖，早就变成过目不忘的绝世天才了。

"你……罢了罢了，看来这一切都是命。"卖都卖了，他还能说什么呢？

见老爷爷不再打算追究，小伙子终于可以暗暗地松了口气。

"对了，你说你除了卖掉戒指外，还附送他哪样东西？"

他指指一旁的滚动条，"我本来想把那一筒破旧到无法再卖的东西都清理掉，刚好他来就顺便送他一幅，反正丢了也可惜。"

"什么？你要把那一筒的东西都丢掉？"

老爷爷气急败坏地又敲了他一下，赶紧来到滚动条旁，简直心疼不已，"这些都是宝贝，每一样都丢不得的！"

他随手翻了一下，转头问年轻小伙子，"你把哪张图送给人了？"

"嘎？"年轻小伙子一愣，这他哪知道呀？

"还愣在那干什么，快点回答呀。"

"爷爷……"年轻小伙子干笑了好几声，"我的额头已经肿个包了，可以……少打几扇吗？"

6

怪事接二连三

Chapter 2 怪事接二连三

一缕青烟
从滚动条内淡淡地逸出，
没有人知道，
也不会有人注意……

8

二、怪事接二连三

在费了一番工夫之后，关书彦终于把要送给小仪的礼物给包好了。

告白的举动能不能成功，就全靠这一次了，这事关他两年的暗恋时期到底能不能结束，好紧张，真的好紧张。

他在书桌前低头祷告："拜托拜托，一定要让我成功，绝对不能失败。"

关键就在明天，他已经有放手一搏的觉悟了！

"啪答——"

安静的房内突然出现了东西掉落的声音，害关书彦吓了一大跳，他连忙低下头，才发现原来是放在书桌上的滚动条滚到地板上。

"呼，我还以为是什么东西。"

随手将它拾起，关书彦本来也不想多加理会，但不知道为什么，他倒是很顺手地将线绳给拆开，将整张图摊在书桌上。

他不由得皱起眉，这到底是什么图，像是某个地方的地图，却又不太像，摸摸它的纸质，不是纸，反倒是熟羊皮那类的大皮革。

"见鬼了，这种东西会有人买，那才奇怪。"

皮革上除了形状怪异的地图外，地图到处都充满了怪异的图案，有些看起来像是动物，有些像是植物，五颜六色的，好花呀。

关若渝恰巧从房门外经过，她纳闷地探头进来，"阿彦，你在看什么？"

"姐，你来得正好，过来帮我看一下。"

关若渝好奇地来到书桌前，只见桌上放着一张奇怪地图，关书彦指着地图右上角难懂的四个字，"姐，你看得出来这四个字写什么吗？"

"嗯？好像小篆耶。"

她努力瞧着，一个字一个字慢慢琢磨，"山……海经图，山海经图？噗哈哈……"

"姐，你在笑什么？还有山海经图是什么东西？"

"就……就是中国古代的地图呀。"关若渝笑得阖不拢嘴，拍拍关书彦，"阿彦，你在哪捡到这个宝的？"

"就在一家什么都卖的奇怪店里。怎么，它真的是一个宝？"那他不就赚到了？

"是呀是呀，一张在商朝末年就已经失传的地图，居然会在上面出现战国时期的小篆，你还真是挖到不得了的宝了。"

"嘎？"她到底在说什么？

"好珍贵的宝物，你可得好好收藏呀，哈哈哈……"

真是太可笑了，直到离开了关书彦的房间，关若渝的笑声还是停不住，这不禁让他纳闷，这张图有这么好笑吗？

"一张商朝就消失的图，上面却出现战国时期的文字……靠！后代人伪造的，那家店还想拿出来卖人！"

虽然这张图他根本没花半毛钱买下，但一想到自己被唬弄，关书彦还是感到非常的不是滋味，看他不懂古董好欺负呀！

"去，这什么鬼东西，画得花花绿绿难看得要命，还……还给我掉粉！"

手不小心去摸到某个图案，那个小图案马上花掉，还害他手上沾了不少粉末，脏死了！

急急将这副伪图卷起，关书彦随手把它给丢进垃圾桶，来个眼不见为净，"真是可恶，还害我得去洗手，要造假技术也不好一点！"

楼下客厅内还听得到关若渝的笑声，这让关书彦是更不爽了，他气得用力甩上自己的房门，赶紧向厕所报到去。

然而……一缕青烟从滚动条内淡淡地逸出，没有人知道，也不会有人注意……

Chapter 2 怪事接二连三

※　　※　　※

今天，关书彦历经两年的暗恋终于结束了，然而它结束的原因，却是因为——他彻底失恋了。

"哇哈哈哈……"

就在冰店内，四五个损友围着关书彦哈哈大笑，这根本就是在他伤口上撒盐嘛，不安慰他也就算了，还在他心情最低落的时候嘲笑他。

"书彦，小仪她真的跟你说，她是同性恋？"

"你想我掰得出这么可笑的理由吗？同性恋，她如果告诉我她已经有男朋友，那我还会好过一点！"

真是可悲，没想到在小仪的眼中，他连一个女人都不如，她还当着他的面告诉他，她觉得男生好恶心，是个怪物！

连个生日礼物都还没有机会送出，他就被三振出局了，说有多可笑，就有多可笑。

"唉……"一想到自己的初恋就这么结束，关书彦就觉得好可悲呀。

"好啦，别再哀声叹气的，下一个女人会更好，不是吗？"

"没错，下一个女人会更好，你就看开一点吧。"一旁的损友们起哄，连安慰个人也不见什么诚意。

下一个女人会更好？这到底是谁发明的词，他连

自己下一个女人在哪都不知道，又还会好到哪去？

"去，你们呀……就只会嘴巴说说而已。"他认了，会误交这些损友，怪他近视眼又不肯戴眼镜。

"喂喂喂，你们快看！"其中一位损友指着店内的电视，"那是哪来的动物，还在大街上乱跑，好炫哦！"

大家不约而同地转过头，发现电视频道正在报导一则新闻，说有只不知从哪跑出来的白色狐狸正在大街上乱闯，一路上还引起了好几件交通意外。

电视上的那只白狐似乎比平常在动物园见到的狐狸要大很多，然而有趣的是，它的尾巴……好像不只一条？

"我是不是眼花了呀？"其中一人揉揉双眼，又仔细地看着，"那狐狸好像不只一条尾巴，有好几条是不是？"

"好像耶，不会你眼睛花，连我也眼睛花吧？"

"我看不是大家眼睛花，是电视屏幕有些模糊吧？"

"真的吗？那我往前靠近点看看。"

关书彦挑了挑眉，这些人还真是的，不是说要来陪他解解闷，结果现在倒没半个人注意他了。

"算了，这些酒肉朋友呀……"我先回家去，你们慢慢看吧。"

"Bye 啦，不送。"

Chapter 2 怪事接二连三

靠！还真是有够没义气的！

关书彦边念边离开冰店，心情居然比刚才还要差，等他走了有一段距离之后，其中一位损友才对外大喊："书彦，回去小心点，那只动物正在你家附近乱窜耶！"

啊，终于还有一个人肯关心他了，只不过……很可惜，关书彦完全没听到。

※　　　※　　　※

怪事年年有，最近特别多，然而这些怪事，硬是都让关书彦给碰到了！

有家回不得，警察封锁了他回家的道路，只因为听说有个奇怪动物在前面的十字路口闹事，怕它伤到无辜的路人。

"哇咧，我怎么这么倒霉呀？"

四周聚满了看热闹的闲杂人等，还来了好几辆新闻台的SNG车，各家媒体争着实况报导，这是怎样，已经没其它的新闻可以播了吗？

哦，他忘了一点，这就是他们的特质嘛，没事找事做，就算是芝麻绿豆的小事，新闻媒体都有办法夸大夸大再夸大，弄得人心惶惶，好拼收视率。

"喂喂，你们快看前面！"

前面已经净空的道路此时突然出现一只全身白的

14

动物，它的后面还跟了一群追捕大队，为了逃避他们的追捕，那动物正以最快的速度往他们这个方向冲来。

"哇啊啊啊……快逃呀！"

这下看热闹可看出危险来了，大家跑的跑、散的散，不过新闻台记者还是尽忠地死守现场，继续不要命地实况报导，就只为了他们的收视率呀……

"靠！你们别挤我，别再推过来啦！"他真是受够了！

那动物一跳就越过了警方的封锁防线，吓得大家更是加快速度逃命去，关书彦这时才看清楚，原来那个动物是只狐狸，而且还不是普通的一只！

更让他感到诧异的是，那只狐狸居然……它居然有九条尾巴？

"God！九条尾巴，我真该去配眼镜了！"

白狐逡巡了四散的众人一眼，随即将目标锁在关书彦身上，直朝他狂奔而去，吓得他马上转身往后跑，他到底是招谁惹谁了？

"借过、借过，该死的别挡我的路！"

关书彦不要命地跑，还是甩不掉紧追在后的白狐，此刻的他真想痛哭流涕，有没有谁能告诉他，他为什么就这么倒霉呢？

此刻路旁转角走出了古董店的年轻小伙子，他手上抱了一个大箱子，一点都没注意到身旁的情况。

"嗯……应该就住在这附近吧，怎么找不到呢？"

"前面的，借过！"

关书彦顺手推了他一把，害年轻小伙子踉跄倒向一旁，差点拿不稳手上的东西，当他正想对着关书彦的背影破口大骂时，咻的一声，白狐的尾巴一扫，硬是将他手上的箱子给扫到地上去了。

"哇啊啊啊——不行呀！"

哐啷一声，听也知道里面的东西碎了，年轻小伙子傻愣愣地僵在当场，简直是欲哭无泪。

"这……这是唐先生托我帮他找的蟠龙花瓶呀。"他待会该怎样向唐先生交代呢？

另一方面，关书彦不要命地跑、死命地跑，当他抬头一看，前面车水马龙的十字路口居然给他闪红灯！

16

"该死！"

他一咬牙，赶紧往右转，跑到前面又是一个红灯。

"我靠！"

再来一个右转，他就不相信自己真的背到连交通号志都要和他作对！

"黄灯……啊啊啊，天哪，又红灯了！"

无奈地右转又右转，关书彦终于受不了地放慢脚步，最后干脆颓丧地在路旁喘气，他真的已经没力气

再跑了。

欲哭无泪的年轻小伙子一转头，马上一脸的讶异，"你不是……"

"呃？"关书彦勉强抬起头来，"是你！"

"还真是巧耶，我们……"年轻小伙子此时才注意到关书彦背后正奔过来的白狐，不禁睁大了双眼，"这……这是……"

"糟了，我差点忘记背后还有个大麻烦呀！"

说时迟那时快，白狐一跃向前，直接扑倒关书彦，它张开充满利牙的大口，就要对关书彦——

"哇啊啊——救命呀，你吃掉我绝对会拉肚子的，而且如果我死不瞑……呃？"

一种又热又湿又黏的感觉在他脸上不停出现，关书彦害怕地睁开眼，却发现白狐没有咬他，反而一直在舔他的脸颊。

"喂喂，你……别再舔了，好恶心呀！"

年轻小伙子倒是一点都不害怕，他笑着摸摸白狐，"看起来它似乎很喜欢你。"

挣扎了好一会，关书彦才从地上爬起来，害怕的心情还没完全平复，"喜欢我？你在说笑吧？"

"不信你看，它在对你摇尾巴。"

只见九条尾巴在他面前晃呀晃的，都快让关书彦看花了眼，它的体型比大型秋田犬还要大，不禁让人有极大的压迫感。

确定自己暂时没有性命危险，关书彦才松了口气，不经意地说："体型这么大，不吓死人才怪咧。"

白狐偏了下头，就在转眼间一寸寸地变小，吓得关书彦往后跳了一步，它就像泄了气的汽球般，一直缩小，直到剩下差不多三十公分长的大小才停止。

不过……它的九条尾巴还是晃呀晃，连一条都没减少。

关书彦简直是看傻眼了，"这……到底是怎么一回事？"

一旁逐渐涌现看热闹的人群，而刚才的追捕大队及SNG车也一并赶往这来，年轻小伙子看看情况，忙催促关书彦："快点把白狐抱起，我先带你离开这！"

18

"为什么？"

"为什么？你如果想上电视出名的话，就尽管待在这吧！"

"该死，谁想上电视了！"

他是不想上电视，但……他为什么得抱着这只白狐离开？这关他什么事呀？

※　　　※　　　※

穿过无数条没什么人的小巷，关书彦他们俩好不

容易才回到古董店内。

一进到店里，年轻小伙子马上将店门关起，两人这时才有办法松一口气，"呼……终于安全了……"

安全？不对呀，他们怎么会安全了？关书彦将怀中的白狐放在地上，还是对它有着莫名的恐惧，"我们哪里安全了，它才是可怕的来源呀！"

年轻小伙子似乎不这么认为，他笑笑地询问："我叫韦杰，朋友们都叫我小韦，你呢？"

"关……关书彦。"

白狐从刚开始就一直在他脚边厮磨，害他吓得连话都讲得结结巴巴，它为什么一定要死黏着他呢？

"你有需要这么怕它吗？"韦杰抱起白狐，暂时让关书彦松了口气，"它又不会害人。"

"不会害人？你没看到它刚才在街上引起多大的骚动吗？"

我只是很开心，开心得到处跑而已，这个地方好新奇呀。

"赫！"关书彦吓得拼命倒退，差点撞倒古董店内的摆饰品，"白狐……白狐在说话？"

"有吗？"韦杰微微皱起眉，"为什么你听得到，我就听不到？"

"我……我不想听到呀……"

此刻的关书彦真想抱头痛哭，今天的他怎么净遇到一堆怪事，这些怪事已经快超过他理智所能负荷的程度了。

"书彦，相信我，你真的不需要这么害怕。"

"你凭什么要我相信你？"

"你看，它真的很乖很可爱呀。"

韦杰将白狐举到他面前，只见白狐依旧摇着它的九条尾巴，爪子轻轻扒着他的手，很明显能够感受到它非常兴奋，但却没有半点恶意。

关书彦挣扎地抿着嘴，好吧，他暂时相信这个有九条尾巴的狐狸是无害的。

将白狐给放下，它立刻在店内到处跑跑跳跳，就像个超级过动儿。

看到白狐活蹦乱跳的，韦杰满足地笑着："没想到我能看到九尾狐，这次还真是大开眼界了。"

关书彦惊讶地张大双眼，"你说它叫……九尾狐？"

"是呀，怎么了？"

"它是九尾狐？就是那个小说呀、漫画中常常会见到，专门使坏的妖怪九尾狐？"

哦哦，他想起来了，那个什么神怪小说《封神演义》不就有个狐妖妲己，还有好几套漫画内的大反派都是九尾狐变成的。

一想到这，关书彦不由得又害怕起来，他竟然被狐妖给缠上了！

"喂，你的反应可以不要这么激动，好吗？"

　　韦杰忍不住摇摇头，没见过这么大惊小怪的人，"其实你脑中对九尾狐的印象是不正确的，最原始的九尾狐完全没有邪恶色彩，是后来写故事的人刻意将它妖魔化，才让大家对它有所误解。"

　　"你说的……是真的？"

　　"你以为我需要在这种节骨眼上编故事骗你吗？"

　　"那就好，那就好……"关书彦连忙拍拍自己，替自己收收惊。

　　"话说回来，这只九尾狐到底是从哪出现，又为什么会跟上你呢？"

　　"对呀，我和它根本一点关系也没有。"

　　关书彦和韦杰两人面面相觑，都想不出个所以然来，然而原本在店内乱跑的白狐脚步却突然慢了下来，停在关书彦的脚边，开始莫名地喘气。

　　"奇怪。"韦杰蹲下来，摸摸白狐，"你怎么了？"

　　白狐依旧低声喘气，发出像是婴儿般的微弱声音，关书彦皱了皱眉，不由自主地开口："它说这个世界的空气好脏，它想回去。"

　　"回到哪呢？我们连它从哪出现的都不知道，又怎么有办法送它回去？"

　　这还真是个好问题呀。现在只有关书彦有办法和九尾狐沟通，他只好也蹲下身来，"告诉我，我们该怎样把你给送回去？"

　　白狐伸出爪子，拼命想扒开关书彦的右手，他虽然心中很是纳闷，还是将右手给张开，顿时发现一个奇怪的现象。

　　他昨天不小心摸那山海经图所沾上的五彩粉末，不是早就已经洗掉，怎么现在又出现在他手上呢？

　　韦杰瞧他那惊讶的神情，忙问着："怎么了？"

　　"就是你那天送我的一张图，我昨天不小心轻摸一下就掉粉，还沾了我满手，但是我确定昨天就已经洗干净了，怎么……"

　　韦杰直觉脱口而出："问题就出在那张图，快点，我们快到你家去！"

　　"哦，好。"

　　　　　　※　　　※　　　※

22

　　匆匆忙忙赶回家，关书彦马上带着韦杰直奔上楼。

　　打开自己的房门，他努力回想自己把那张图丢到哪了，顿时恍然大叫："对了，垃圾桶！"

　　"垃圾桶？"韦杰惊讶地微微皱眉，"你把我们店里的东西拿去丢垃圾桶？"

　　"还敢说，你给我的那个什么伪图，不丢垃圾桶要丢哪？"

"什么伪图？我们店里可不卖假的东西。"

"OK！这个问题我们等会再吵。"

关书彦来到垃圾桶前，想捡回差点被他丢弃的古图，结果没想到，垃圾桶内是空空如也，里面的东西已经先一步被人给清走了。

"该死，怎么这么巧？"

他连忙又跑到楼下去，"妈，你清过我房间的垃圾桶？"

关母从厨房内探出头来，"除了我以外，还有谁会帮你清垃圾？垃圾堆那么多都不倒，你是想把它当成宝呀？"

"哎呀，要念我等一下再念，那你有没有看到垃圾桶内有一张旧旧的怪图？"

"那个哦，我把它拿去纸类回收了，刚刚资源回收车才载走而已。"

"什么——"

听到这个答案，关书彦简直快要抓狂了，"妈，那是皮革、皮革耶，你干嘛把它拿去资源回收？"

刚刚才载走，那如果现在出去追的话，应该还来得及啰？关书彦也没时间多想，直接往大门的方向跑。

"书彦，等等我！"韦杰也一起跟了出去。

骑上摩托车，两人在附近的小巷子里拼命寻找，好不容易看到纸类回收车的行踪，他们忙把油门给踩到底，趁着回收车停下来收其它的纸类时，关书彦长脚一跨便爬到车上去开始"寻宝"。

回收人员见到他拼命在车内乱翻，马上生气地大喊："喂喂喂，你在干什么，快下来呀！"

"啊……真的很对不起！"

韦杰挡住回收人员陪着笑，连忙解释："是这样的，我朋友他……他的私房钱藏在旧书当中，不小心被他妈给丢了，所以正急着找回来。"

"找东西就找东西，他又何必弄乱车子上本来就整理好的纸堆？"

"不弄乱怎么找……啊，不是不是，待会我们绝对帮你恢复原样，好吗？"

※　　　※　　　※

24

情况还真是一片混乱，等他们俩将所有事情搞定，回到关书彦家，已经是一个小时后的事情。

藏在房间的白狐似乎更虚弱了，关书彦赶紧把图给摊在白狐面前，不知道这样做到底有什么用处？

只见白狐的身形突然开始透明模糊起来，过不久便转化成一道烟，窜进地图中的某个角落。

就在烟雾消失之处，纸上本来画有一个模糊的小图，等白烟完全消失后，那张图瞬间清晰了起来，图上画的是一只九尾狐，就像出现在他们面前的白狐一

样。

而那个地方，也正是关书彦昨天不小心所碰到之处。

关书彦和韦杰都看傻了眼，简直不敢相信自己眼睛所看到的。

待心情好不容易平复点后，关书彦才开口："你给我的这张图，到底是什么？"

"让我看看。"

这张地图上除了右上角的四个字外，其它地方都只有图画，没有文字，当韦杰看清楚那四个字时，冷不防讶异地张大了嘴巴。

"山海经图？"

"是呀，一张在商朝末年就已经消失，却在上面见到战国小篆的伪图。"关书彦悻悻然地附和。

"什么伪图？我不已经告诉过你，我们店内不卖假货的。"

山海经图。这个名字他不是很熟悉，却也不是全然陌生，他还记得自己小的时候，有天到店里去玩，就见到爷爷拿着这张图，像是要探究它有什么秘密般——

"爷爷，你手里拿的是什么图呀？"

"它叫《山海经图》。"

"山海经图？"

"没错，它可是这世界上仅存的一张上古神话地图，可说是价值连城。"

"价值连城？可是看它沾了那么多灰尘，又旧又脏，如果真的价值连城，它又怎会这么不受到重视？"

爷爷神秘一笑，"因为没有人相信它是真的呀。"

"没人相信就你相信，那应该是你比较奇怪吧？"

"什么我比较奇怪，你这个死兔崽子……"

此刻想起这件事情，让韦杰不由得怀疑起，爷爷那时候的笑，是不是有什么其他的涵义？

既然这张图如此古怪，那就不该将它给留在这，韦杰连忙伸出手要将它卷起带走，却在触碰到它的那一刻被突如其来的电流给电到，害他直觉反应收回了手。

奇怪，怎么会这样？

看韦杰那怪异的表情，关书彦不免问着："小韦，怎么了？"

"你碰这滚动条……都没什么事？"

"会有什么事？"他当着韦杰的面碰了滚动条一下，没事呀。

韦杰认命地叹了口气，看来这山海经图是注定要留在关书彦身边了。

"书彦，我可要叮咛你几句。"

26

"叮咛什么？"

"别再让我发现你把它当成垃圾丢了，知道吗？"韦杰不得不严肃地皱眉，"它可是无价之宝，得到它是你天大的福气，你要了解这一点。"

"天大的福气？得了吧。"关书彦哼笑一声，才不这么认为，"这种诡异的东西谁想留在身边，如果你有兴趣，我可以还给你。"

"不行，它已经认定你了。"

"你在说笑吧？"这么玄的事，他才不相信咧。

"我不是在说笑，这世界上很多事情不是你说不相信就行的，像刚才的九尾狐，你又怎么说？"

他顿时哑口无言，是呀，刚才那九尾狐又该怎么说？

"总而言之，我才不想留这种怪东西在自己身边，又不是没事找事……呃？"

关书彦低头一瞧，发现自己的手不知何时又碰上那张图了，连忙将手给拿起来，该死，又沾上一堆粉了！

"靠，又来了，我的手怎么这么贱呀？"

该不会又要发生同样的惨剧吧？关书彦心惊胆跳地盯着地图看，果然发现有好几个图画都被弄模糊了，一时好几道缥缈青烟升起，就像在向他们做出宣告，最近这段时间内，他们别想有平稳的日子可过。

可以预见之后又有事可忙了，韦杰苦笑了好几

Chapter 2 怪事接二连三

声，为什么偏偏是让他给遇到这些离奇的事？

"关书彦，你的手……可以再贱一点。"

3

钥匙

Chapter 3 钥匙

在天愿作比翼鸟，
在地愿为连理枝。

三、钥匙

秋高气爽的十月天，居然反常的连下好几天的雨。

就像是梅雨季一样，雨虽不大，但很绵密，一天到晚下来从没停止过。

什么鬼气象报告，说什么台湾笼罩在太平洋高压之中，天气晴朗稳定，是典型的秋天气候，如果真是这样，又哪会下着连绵不绝的细雨？

哦，忘了一点，气象局的话只能信一半，这是许多人的心声。

待在古董店内，韦杰趁着爷爷正闲时，不经意开口："爷爷，你还记不记得，我们店内有一幅图，叫《山海经图》？"

"怎么不记得？"韦爷爷得意地回答："这可是咱们店内的镇店之宝，没有任何东西比那张图更宝贵了。"

韦杰听了有些咋舌，如果真是宝贝，又怎会丢在一堆烂滚动条里，差点被他当成垃圾给处理掉？

"那爷爷，这到底是怎样的一张图？"

"奇怪，你怎么突然对这事这么有兴趣？"韦爷爷纳闷地瞧着他，根本还不知道他心爱的镇店之宝早就流落在外了。

"这个……就刚好想到，你不是常说我对店内的宝贝都不怎么了解，趁想到时间一问，不好吗？"

"哎呀，你什么时候变得这么有长进了？"韦爷爷连连点头，直说不错，"其实说实话，对那张图我也不是挺了解的。"

"啊？怎么会？"那他不就白问了？

"我只知道那是远古的地理图，上面记载着许多当时的地势、水流、动物、植物等等，但这远古到底是多远，我就不得而知了。"

况且那张图是从什么时候就出现在他们店内，也早就已经不可考，只知道是非常非常非常遥远的事了。

韦杰不由得喃喃自语："这有可能吗？以前的知识技术有先进到能让他们画出一张地图，而且范围还不是普通的大？"

店内的电话突然响起，韦爷爷连忙走过去接听电话，而韦杰倒还是一个人忍不住纳闷着，远古又是多远，还真是谜团一大堆呀。

好吧，既然是他让关书彦将那张图给带走，那他就得负责搞清楚一切来龙去脉兼收拾残局，不知道当爷爷发现他不小心把所谓的"镇店之宝"给送人后，

他的脸色会变得怎样可怕，他又得挨几扇打了？

一想到这，韦杰就忍不住要为自己叹气呀，
"唉……"

"小杰！"

"啊，爷爷，什么事？"

拿着话筒，韦爷爷额上青筋微挑，脸色诡异地询
问："我几天前要你帮忙送去给唐先生的蟠龙花瓶
呢？"

"啊——"糟了，他丢在路上，早就忘得一干二
净了！

为了保命，韦杰马上以最快的速度撑伞冲出店
门，"爷爷，我还有其他的事得做，只好你自己顾店
了！"

"你……你这个死兔崽子，竟然给我逃跑！"

韦爷爷冲到门前高声大喊："小杰，要去哪也不
说一声，你爸妈问起我怎么和他们回答？"

"哦，就说我去开会了！"

"开会？开什么会？"

"作战会议！"

"嘎？"是谁要打仗了？

※　　　※　　　※

在关家客厅内，此刻只有关若渝一个人在看电

33

视。

关书彦恰巧从楼上下来准备出门，没想到却被关若渝给叫住："阿彦，下雨天你还要出去哦？"

"没办法，不去不行。"

"这么拼？"关若渝指着电视上正在播的画面，很是兴奋，"你看，那是几天前引起一阵轩然大波的神秘白狐，真可惜那天我不在家，要不然或许有机会亲眼见到它。"

"那还真是可惜呀。"

亲眼见到它有什么好的？关书彦暗自苦笑，如果可以，他才不想和那九尾狐有所牵扯呢。

"哈哈，现在正是我卖弄知识才学的时候了。"关若渝得意地开口："你知道吗，九尾狐是传说中的神话动物，最早出现九尾狐的文献记载便是古书《山海经》哦。"

"古书《山海经》？那不是一张地图吗？"

"地图是地图，古书是古书，这两者可不太一样。"

"哪里不一样了？"他怎么越听越胡涂呀？

"该怎么解释咧……对了，你那张伪图就是最好的解说例子。有没有发现，你的那张《山海经图》里画满了奇奇怪怪的图案，却连半个解释文字都没有？"

"是呀，那又怎样？"

　　"那堆图案这么奇怪，如果没有在一旁加批注，后代的人哪看得懂？所以啰，古人就另外写了一本叫《山海经》的书，来解释地图内各个奇怪的图案，还有图中各个山川水流的相对位置。"

　　他好像有点懂，却又不是非常懂，"那这本书该不会也早就消失了吧？"

　　"谁说的，消失的只有山海经图，《山海经》这本书可没消失哦。"

　　关若渝叫关书彦跟她来到房间里，接着在书架上找了一圈，最后抽出一本厚厚的精装书，摊开在关书彦面前。

　　"你看，刚才告诉你的九尾狐记载就在这——"

　　《山海经·南山经》：又东三百里，曰青丘之山……有兽焉，其状如狐而九尾，其音如婴儿……

　　关书彦差点讶异地叫出声，这的确和他见到的九尾狐一样，"好变态呀，姐，你有事没事看这种古书干什么？"

　　"你才变态咧！这是我们上神话课用的参考书，课上完之后我就没再碰过了。"敢骂她变态，也不看谁的辈份比较大！

　　"好啦好啦，算我说错话。照你这样讲，那只要出现在山海经图内的图画，都可以在书中找到啰？"

"嗯……照理说应该是这样啦……"

"真的？那就太好了！"

关书彦连忙将她的书给抢走，紧接着赶紧出门，"姐，你这本书借我一段时间，用完再还你！"

"喂喂喂，你要借那本书干嘛？"

"开会用！"

只要有这本书，那他们就能搞清楚到底是哪种动物被放出来，这样要想对付的办法也容易多了。

真是的，有这种书怎么不早点拿出来，害他们摸了老半天连半点头绪都没有。

"开会？你开什么会呀……还有还有，我刚才那句话还没讲完耶！"

"照理说"应该是这样，但不等于"一定"就是这样，他那么高兴要干什么，他根本就没搞清楚状况呀。

"关书彦，你……算了，不理你了啦！"

　　　　　　※　　　※　　　※

雨依旧下个不停，街道上冷冷清清，路旁的咖啡厅倒是挤了不少人。

挑了一个靠窗的位置坐下，韦杰一见面就开口问："你的图咧？"

"不敢丢，保管得好好好。"关书彦指指桌旁的

塑料圆筒，"不就在那里面，瞧你紧张的。"

韦杰当然紧张啰，这张图可不是普通东西，随随便便乱丢，被不知情的人摸到不知道又会出什么乱子。

"对了小韦，这个给你。"

把从关若渝那借来的书丢在韦杰面前，关书彦笑得可贼了，"好好读呀，可别让我失望。"

"这……什么？"

韦杰随手翻了几页，表情越来越苦，"你要我读这种古书，为什么你自己不读？"

他是一脸嫌恶的模样，"从小到大，国文一直是我的罩门，每碰必死，所以还是你来吧。"

"哪有这种道理？"为什么他就得这么辛苦？"己所不欲，勿施于人"这个道理难道关书彦不懂吗？

"快，地球……不，台湾的命运就靠你了，你一定要把它给读懂，知不知道？"

韦杰摆出了臭脸，如果这是笑话，那还真是一点都不好笑，连耍冷的境界都还够不到。"别告诉我你这个大学生一天到晚还在看咸蛋超人。"

"我管他咸蛋超人还是鸭蛋超人，总而言之……"关书彦还非常慎重地拍他肩膀，"加油了。"

"可恶，你这个只会说风凉话的家——"

　　韦杰拉住关书彦的领子，才正想破口大骂，却发现窗外的行人道上有人急急忙忙跑过，就像是在逃命一样。

　　他们俩都纳闷地望向窗外，发生什么事了？

　　只见另一群人边叫边跑地经过他们俩面前，连伞都不撑了，就当他们还在怀疑又发生什么事时，一种奇怪的动物刚好就停在人行道上，双眼直盯着他们俩瞧。

　　双眼？不对不对，这动物只有一只眼睛而已，形状像头牛，头是白色的，有个蛇尾巴，诡异的是，雨水滴到它身上立即蒸发，它的脚每踩一步，地上的红砖就融化出一个大洞来。

　　关书彦及韦杰吓得在店内一动也不动，这动物也就停在窗外一动也不动，之后它微微张开嘴，往玻璃上吐了口气，那玻璃就……就被融出一个洞来了！

　　"哇啊啊啊——"怎么这么可怕？再不跑就换他们俩被融成一摊水了！

　　"书彦，那张图，你还放在桌上啦！"

　　"该死，差点忘了！"

　　他们不逃还好，一逃那头怪牛倒是紧追在他们背后跑，不时发出奇怪的嘶吼声，前面的路人一看到有怪牛追上，也吓得在他们面前拼命奔跑，造成行人道上异常可笑的连锁反应。

　　为了防止更多人得陪着他们在人行道上跑马拉

松，韦杰忙喊："书彦，你快听它在说什么呀！"

"我听不懂！"

"为什么？之前你不是能和九尾狐沟通吗？"

"我也不知道为什么，总之我现在根本听不懂它在鬼叫个什么劲！"

对了！关书彦突然想到，它该不会和之前的九尾狐一样，嫌这个世界的空气太脏，在叫它让它回去吧？

如果真是这样那就好办了，关书彦连忙停下来，把筒中的地图给拿出，摊在怪牛面前，"好了，你想回去就趁现在吧！"

怪牛终于停住了脚步，但它却只是停在地图面前一动也不动，它瞧了瞧关书彦，好像没有进去的打算。

"怎么了，你要进去就进去呀，还盯着我看干嘛？"

它呆愣着，只是死盯着关书彦，似乎是出了什么问题。

"别再看了，我拜托你行行好快点进去好吗，大家都在看我们了啦！"

韦杰也停在一旁，总觉得情况怪怪的，但一时之间又想不出是哪里怪，完全理不出个头绪来。

两方就这样大眼瞪小眼也不是办法，关书彦急得大喊："我警告你，你再不进去的话，我就——"

"哞——"

怪牛仰天大声咆哮，那叫声一波波往四周扩散，震得关书彦他们耳朵痛得要死，接着它鼻中不停地喷出气，后脚一直在磨擦融化的地砖，就像电视上播出斗牛时牛正打算发狂时的模样。

他们俩互瞄了对方一眼，没人穿红衣呀，那现在是怎样？

关书彦嘿嘿干笑了几声，"小韦，你想……我们现在该怎么办？"

韦杰也学他干笑了几声，"如果你想被牛斗，你可以继续留在这儿。"

※　　※　　※

阴霾的天空，冷清的街道，只见两个年轻男子不要命地奔跑。

他们俩连伞都不撑了，死命地一直向前跑，直到躲进某个小巷子后，他们才稍稍停下脚步，努力地喘气。

天上的雨丝依然落下，而他们俩也早已全身湿淋淋。

"糟了，我的图！"

关书彦忙把手中的图打开，怕雨水将图画都给弄糊了，他随便手一摸都能摸起大片的粉末，看来这张

图应该早就已经报销了吧？

可打开一看，奇怪，图虽然湿了，但上面的画倒是都还好好的，完全不受雨水洗刷的影响。

韦杰靠过来一看，也是纳闷至极，"奇怪，怎么会这样？"

今天的一切都太奇怪了，没有一件事情是顺利的。

关书彦迟疑了一会，一时手痒，忍不住想做个实验，他伸出手想摸地图中的其中一个图画，吓得韦杰连声阻止："关书彦，我们的麻烦已经够多了，难道你还想再多添几个……呃？"

一摸上去，图画并没有糊掉，关书彦的手上也没沾染任何粉末，这到底是怎么一回事呢？

这也太奇怪了吧？他不信，又摸了一次，还是没掉，他还是不信，再摸了一次，没掉、没掉，那之前又为什么会掉呢？

"好了书彦，别再摸了！"韦杰拍掉关书彦乱摸的手，他已经快变成用戳了。

"我不相信真这么邪门，那之前的掉粉是掉假的呀？"

韦杰沉默了一会，才有些不确定地开口："或许……你现在缺少了某些元素，所以才无法和怪牛沟通，也没办法让它回到地图里。"

"那你说，我现在缺少了什么元素？"

"如果我会知道，那我就不用陪着你在街上被牛追了。"

有人、有地图，那还缺少什么？上次关书彦不也就这样把九尾狐给送回地图里了？

两人都待在原地忍不住纳闷，但就算想破了脑袋，也想不出个所以然来呀。

"算了，还是先回去吧。"关书彦说："留在街上被牛追也不是办法，我们还是分别回家想办法，有什么新问题或新发现再互相联络吧。"

"现在也只能这样啰。"

他们俩不约而同地探出头，在确定那头笨牛没追上来后，赶紧兵分两路，先各自回家去了。

※　　　※　　　※

冷清的街道上，只有一个女子独自撑着白伞。

然而对街一头奇怪的牛在街上盲目乱窜，吓得路人纷纷躲避，还有人干脆赶紧打电话报警。

她瞧了一眼那头牛，表情有些讶异，"是'蚩'，它怎么会在这？"

没有人敢靠近这头怪牛，只有撑着白伞的女子慢慢靠近，毫无畏惧地触碰它，"怎么了，为什么会出现在这？"

"哞……"

怪牛低鸣了几声，像是在回答她的问题，她扬起温柔的笑，安抚着："想回去但回不去？真是可怜。"

是谁放出它的？这种动物早该消失的，不复存在于这个世界上。

路旁躲起来围观的人似乎越来越多，看来这怪牛有些奇特的模样开始引来不必要的麻烦，女子拍拍它，示意它跟着她走。

"别怕，在有办法回去之前，先跟我回家吧。"

※　　※　　※

关书彦一回到家中，第一件事就是冲到浴室里洗个热水澡。

回到房内，瞧着被他给摊在书桌上的地图，关书彦还是一点头绪都没有，到底是哪个环节出了差错呢？

"阿彦！"

关母一听到他出浴室的声音，就马上来到他房内埋怨道："出去也不带伞，还淋了一身湿回来。怎么，你是嫌你的健保卡上都没记录，很空虚是吗？"

他暗暗吊着眼，"偶尔淋个雨，其实也蛮浪漫的。"

"浪漫？到时候等你开始秃头就不会觉得浪漫

了。"关母突然顿了一下，"咦，你该不会是出去约会吧？"

约会？对象是韦杰？关书彦突然噗嗤一声，"妈，你想太多了。"

"真的是我想太多吗？"关母居然无端地暧昧一笑，"我可是有证据的，你还想跟我狡辩。"

"我哪里狡辩了？"他明明就是去开会，不是去约会呀！

"你等等啊，我拿证据给你看。"

关母咚咚咚地跑上楼去，然后又咚咚咚地跑下楼来，手中拿着一个小盒子，"这是我今天洗衣服时在你外套口袋找到的，难道不是准备送给女朋友的礼物？"

关书彦定睛一看，那是他本来打算送给小仪的礼物，没想到都给忘了。

他有些尴尬地抢回盒子，"不是啦，这是……是别人借放在我这的东西，我还想怎么不见了。"

"真的吗？"关母就是一脸不相信地贼笑。

"是真的啦，我买这种东西要送谁？没人哪，这么奇怪的戒指有谁会……"

咦？戒指？难道会是戒指的关系？

关书彦从头开始努力地想，这枚戒指和山海经图都是从韦杰那间古董店出来的，他不小心放出九尾狐的时候戒指就摆在一旁，隔天向小仪告白时戒指也带

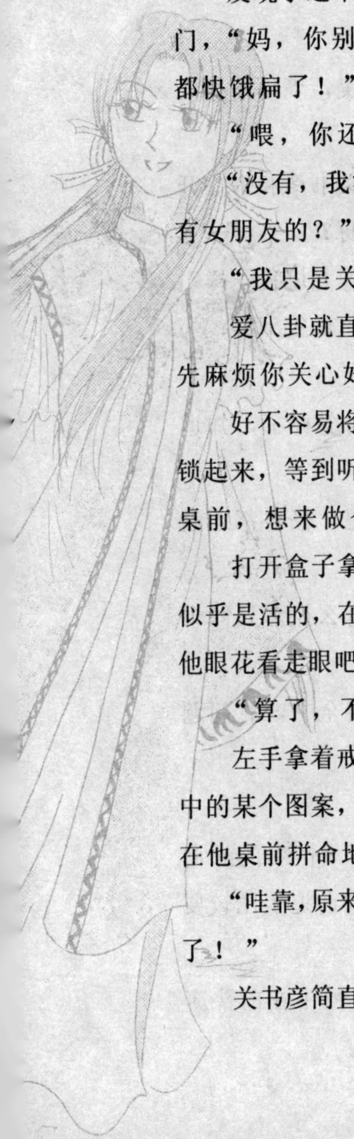

在身上，难道就是因为缺了这戒指，所以今天的他才没办法和那只怪牛沟通？

发现了这个重大线索，关书彦连忙将妈妈给推出门，"妈，你别再乱想了，快去煮晚饭，我的肚子都快饿扁了！"

"喂，你还没回答我的话呀。"

"没有，我没女朋友，该死的谁规定买戒指就得有女朋友的？"他一告白就马上失恋了，不行吗？

"我只是关心你一下嘛。"

爱八卦就直说吧，哪还需要用关心当借口？"我先麻烦你关心好我的肚子吧。"

好不容易将妈妈给推出门，关书彦马上将房门给锁起来，等到听到门外的人已经走下楼后，他才坐到桌前，想来做个实验。

打开盒子拿出戒指，他突然发现，那红色的条纹似乎是活的，在灯光下闪烁着流动的光泽，该不会是他眼花看走眼吧？

"算了，不管不管，还是先来做实验再说。"

左手拿着戒指，关书彦琢磨了一会，右手轻碰地图中的某个图案，一时青烟升起，白色九尾小狐立刻现身在他桌前拼命地对他摇尾巴。

"哇靠，原来真是这个戒指的关系，我实在是太神了！"

关书彦简直是笑得阖不拢嘴，他赶紧拿起手机打电

Chapter 3 钥匙

话，"小韦，我找到了，我找到了……"

※　　※　　※

人牛大战第二天，天公依然不作美，下雨下得人都快发霉了。

来到最初见到怪牛的咖啡厅前，关书彦和韦杰开始苦恼，他们该怎样找到怪牛的踪影呀？

过了一天，他们本来以为怪牛会像九尾狐一样引起一阵大骚动，但奇怪的是，这次却出奇得平静，为什么呢？

"小韦，你回去研究那本书研究得怎样了，知道那怪牛叫什么名字吗？"

"你以为我是天才呀，才刚看而已，怪兽都还没认识几个呢。"

"呵，你进度这么慢，我们是要怎么抓那只怪牛呀？"

"呵，你还以为那本书真的是百科全书，有问题翻它就对了呀？"

"呵，我只是希望你能……"

咦咦咦，前头转角似乎出现了那只怪牛的蛇尾巴，他们俩见了马上停止斗嘴，先跑向前追上比较要紧。

当他们拐了一个弯后，的确看到怪牛在前头奔

跑，哇哈哈，幸好他们今天穿的是三十块的轻便雨衣，弄坏了不心疼，要追着跑也容易，比撑伞要方便多了。

话不多说，他们俩是拼了命地追上前去，但那怪牛也没这么容易追，始终与他们保持着一段不远的距离。

两人跑呀跑，跑了好久却一直追不上它，反而觉得好像暗中被怪牛给牵着走，这种感觉真的好奇怪。

"书彦，这次你感应得到怪牛在想什么吗？"

"它似乎想带我们去某个地方。"

"什么地方？"

"不知道，反正我们跟着过去就对了。"

又跟了好一会，怪牛终于在一个公园内停了下来，附近全是大树，如果不是一直下雨的话，平常这个地方是有很多人来做运动的。

在拼命喘了好几口气后，关书彦将图给摊开，放在怪牛面前，"好啦，这次你总该可以回去了吧？"

"哞。"

怪牛低鸣了一声，随即化成一团白雾，直飞进地图里，太好了，好不容易才又解决掉一个麻烦。

"书彦，做得好，我们离太平的日子又前进一步了。"

关书彦苦笑着，"是呀，是前进了一步，可是我们连其他跑走的动物下落都还不知道，想要再向太平日子更进一步，不知道要等到何年何月呢。"

"这么说……也是啦。"韦杰无奈地撇撇嘴，还真是苦命呀。

关书彦从衣服内掏出一条银炼，链子里穿着他在古董店买的白玉戒指，瞧着这只玉戒，他不禁纳闷地开口："为什么，差了这一样东西，结果就差这么多。"

"或许，它是个关键的钥匙。"韦杰说出了他的看法。

"钥匙？"

"就像打开藏宝箱需要钥匙，回到家也需要钥匙，这只玉戒或许就是打开地图与我们这个世界连接通道的重要钥匙，所以缺了这把钥匙，你无法和那些动物沟通，也无法开启地图的世界。"

"哦，听起来蛮玄的，不过我了解。"

那还真是有够凑巧，如果他买了这玉戒，没拿这张图，就不会有任何事发生，这一切真的是巧合得有些诡异。

或许……这就是所谓的命中注定吧。

公园内的一角，某个撑白伞的女子始终躲在廊柱后，她从地上捡起一颗石头，刻意将石头丢到他们俩面前最茂密的一棵大树里。

沙沙一声，树阴内突然传出奇怪的叫声，紧接着一只庞大的鸟飞窜出来，在下雨的天空中飞翔。

48

　　那鸟一边蓝一边红，有两个头，像是两只鸟合而为一的样子，却又不太像，如果真是两只鸟合而为一，那为什么它们会只有两个翅膀？

　　韦杰看着这鸟从他们头上飞过，先是错愕，然后大叫："啊！书彦，就是它，它也是跑出来的其中一个动物！"

　　"奇怪，你怎么知道？"

　　"呵，不是你叫我看书的吗？我现在的进度刚好有看到这一只，它叫'蛮蛮'，俗称'比翼鸟'！"

　　"比翼鸟？你说的是电视戏剧常用的肉麻对白，那句'在天愿作比翼鸟，在地愿为连理枝'的比翼鸟？"

　　"是啦是啦，随便你怎么说都行，但如果我们再不赶快抓住它的话，这场雨是绝对下不完的！"

　　"为什么？"

　　"如果我没猜错，这场怎么下都下不完的雨就是比翼鸟的杰作！"

4

谜样女子

因为她知道，
这东西迟早会是别人的。
命定的主人呀……

四、谜样女子

《山海经·西山经》：西次三经之首，曰崇吾之山……有鸟焉，其状如凫，而一翼一目，相得乃飞，名曰蛮蛮，见则天下大水……

"见则天下大水"，看来这大水出现的形式，就是由这连绵不绝的雨而来的。

虽然目前还没什么淹水之类的灾情传出，但如果再让这个雨下下去，也难保不会出现什么意外状况，不是吗？

比翼鸟在天上飞，关书彦他们俩在地下拼命追，该怎样抓住这个比翼鸟，对他们来说还真是个大问题呀。

再让它永无止境地飞下去，会先累死的绝对是他们俩。

"小韦，你知道有什么方法可以对付这比翼鸟吗？"

"我怎么可能会知道？"

"你不知道？那你看书是看假的呀？"

韦杰好想狠狠揍他一拳，他还以为看那本书真的很有用吗？"要不然我把那本书丢还给你，有本事你就自己钻研！"

"对不起，我不该质疑你的。"他马上改口，超没骨气地。

"去！"韦杰白了他一眼，哪有人怕念书怕成这样的？

"但小韦，我们再这样跑下去也不是办法，你看，它离我们越来越远了。"

"我也知道这样跑不是办法，但……但我真的没辄呀。"

正当两人对这只鸟都苦无办法时，不知从哪飞出了一颗石头，朝天空中的比翼鸟打去，那颗石头正中比翼鸟的肚子，迫使它从中分成两部分，然后就像飞机坠机一样纷纷跌到地上。

54

关书彦他们俩看到都是一愣，现在是怎样了？

掉在地上的比翼鸟一蓝一红，它们各自只拥有一个眼睛、一只翅膀，看起来真的好奇怪，它们俩在地上挣扎了一会之后就站了起来，拉开翅膀互相往对方跑过去。

"啊啊啊——"韦杰赶紧推关书彦向前，"快，别让它们俩有机会碰在一起！"

"为什么？"

"其状如凫，而一翼一目，相得乃飞，这表示

她们俩要合起来才有办法飞翔，只要一分开就和鸡没两样！"

关书彦拼了老命飞奔向前，在千钧一发之际扑到红色的比翼鸟，另外那只蓝色的比翼鸟见情况不对，在嘶叫一声后马上掉头往另外一个方向逃跑，精明得很。

韦杰跑过来一同制住死命挣扎的红色比翼鸟，虽然让其中一个跑了，但至少免去一部分麻烦，只要这比翼鸟不能飞，要抓另外一个就好办多了。

好不容易才用预备的绳子绑得红色比翼鸟动弹不得，关书彦上气不接下气地开口："趁没多少人注意时，赶紧把它给带走吧。"

"这样好了，你带着这只比翼鸟跟我来。"

※　　　※　　　※

将古董店的店门打开，韦杰让关书彦带着比翼鸟进来，韦爷爷从今天开始到大陆去看古董，所以会有一个星期的时间不开店，正是藏比翼鸟的最好地方。

因为这比翼鸟的体型有些大，韦杰只好先拿个狗笼将它给关在里面，以免它到处乱逃。

将比翼鸟给关进笼子后，就只听见它不停地吱吱喳喳叫，关书彦听了一会，没来由地噗嗤一笑。

"怎么了，它说了什么话？"

"它说，这笼子好臭，它要出去。"

"哇咧……"还真是难伺候，"要不然你先抓住它，我把笼子拿去洗洗，这样总可以了吧？"

"那……还是让它臭吧。"他才不要再耗一堆力气抓住比翼鸟呢。

比翼鸟又鬼叫了一阵，翅膀不停乱挥，像是在抗议他们这虐待动物的行为一样。

"很抱歉，抗议驳回。"

真是不公平，为什么只有他一个人能和比翼鸟沟通？和关书彦一同蹲在笼子前，韦杰有些吃味地问："书彦，你说它是公是母？"

"听它这么聒噪，还需要问吗，当然是母的。"

呵，长舌妇吗？"红色是母的，那逃掉的那只蓝色就是公的啰。"

根据传说，比翼鸟是一公一母，成双成对的，所以这样的猜测应该没有错吧。

为了赶紧解决这个麻烦，关书彦开口询问："可以告诉我，你的另一半会跑到哪去吗？"

"咯咯咯咯……"

"就算知道也不告诉我？嘿，你这样只会给我添麻烦而已，还是赶紧和你的同伙人回到地图里吧！"

"咯咯咯……咯咯咯咯……"

"不回去那又怎样？唔，你的架子倒是挺大的嘛，就不怕我对你行刑吗？"关书彦扳了扳手指，很

想来做个烤鸡大餐。

原本聒噪的比翼鸟先是安静了一秒，之后更是吵闹地在他们俩面前咯咯咯个不停。

"哇，我骂一句你回十句，你还真像是只火鸡，这么长舌！"关书彦忙捂住耳朵，还是无法阻止聒噪的声音一直钻进他耳朵里。

韦杰在旁观察了一会，突然冒出了某种灵感，他试探性地将手放在关书彦肩上，看会不会出现什么意想不到的转变——

咯咯……咯咯咯……咯怎么，你看我是个女的就好欺负呀，我告诉你，我们就是喜欢在这玩，才不想回去，怎么样、怎么样？

"哇塞！"他吓得忙把手放开，却又是一脸的兴奋，"我听到了，我听到它在说什么了！"

"真的？"

"是呀，你有戒指当做媒介，所以听得懂它在说什么，而我则透过你这个媒介听懂它的话了。"

"这有什么好高兴的？"关书彦有些无奈地轻叹，"如果是我，我才不想听懂它在说什么。"

就像现在，好吵呀，偏偏他又不能不听。

揉揉太阳穴，关书彦真的有些受不了，"可以麻烦你安静点吗？"

"咯咯咯……咯咯……"

"拜托一下，你真的很吵耶。"

哈，这样正好，它更是卖力地大叫："咯咯咯咯咯咯……"

"喂……"

"咯咯咯——"

靠！他干脆大喊："要么你就告诉我你的另一半会躲到哪去，要么你就给我闭嘴，别让我想拔了你的舌头！"

想拔我舌头？来呀，你敢拔就拔呀，我就不相信你有那个胆——

"小韦，给我一把剪刀和钳子！"

"咯？"比翼鸟吓得倒退好几步，用它那半边翅膀捂住嘴，他还真想拔掉它的舌头呀？

韦杰头痛地皱起眉，没想到关书彦居然和只鸟赌起气来，"书彦，你这样吓它怎么行，那我们不就无法得到另外一只比翼鸟的线索了？"

"它不说，我就不相信我们抓不到！"关书彦掏掏差点被吵聋的耳朵，"反正它都已经撂下狠话了，我们就等着它自投罗网吧。"

"撂下狠话？谁呀？"

"还有谁，当然就是逃跑的那只啰。"

敢当着面向关书彦挑衅，说它绝对会救回另一半比翼鸟，那好呀，他就等着看它有什么天大的本领吧。

不过在这之前，他有一件事情还是得做，"小

韦，这店里有没有封箱胶，拿来借我用一用。"

※　　※　　※

或许是因为比翼鸟被迫分开的原因，所以它们的影响力变小，连绵不绝的雨也暂时停止。

不过天上还是浓云密布，似乎随时有再度下起雨的倾向。

关书彦他们以守株待兔的方式等着蓝色比翼鸟自投罗网，但几天都过去了，这只鸟倒是比他们想象中要精明得多，还没现身自寻死路。

大部分的时间他们都在古董店内呆耗着，但似乎再这样干等下去，也不是个很好的办法。

漫长无止境的等待还真是无聊，韦杰在一旁努力钻研关书彦丢给他的《山海经》，而关书彦自己倒是开起电视拼命转台，看能不能找个频道看看。

少林足球？大师兄又开始了……换台换台。台湾啥咪火？烧了一次还不够，又来重烧第二次……跳过跳过。只要有心，人人都可以成为食……好，他知道，食神是吧？

哇咧，这第四台八十几个频道是开假的呀，怎么演来演去都是这些演到烂的东西？关书彦无趣地挑眉，继续转换频道，结果电视屏幕停在某个新闻台上面。

新闻画面拍摄地点是动物园，画面上出现了许多智利红鹤，而某只非常奇怪的鸟类正穿梭在这群红鹤之中，断断续续地鸣叫着。

"现在记者所在的位置是台北市立动物园，据园方工作人员的说法，从昨天就有一只非常怪异的蓝色鸟类闯入水鸟池区，对区内的智利红鹤进行骚扰……"

骚扰？关书彦听到差点要喷笑出声，他只能说，这位新闻记者的用词还真是独特。

"经过工作人员的初步了解，这只突然闯进来的不知名鸟类应该是突变种，因为它只有一只眼睛，连翅膀也缺了一边……"

突变种？直接说它是异形会比较好啦！关书彦边看电视边忍不住低声咕哝，当他透过电视听到那蓝色怪鸟咯咯咯地跟在智利红鹤屁股后乱叫，他再也忍不住地狂笑出声，还差点被自己的口水给呛到。

"噗哈哈哈……哇哈哈哈……"

"书彦，怎么了？"韦杰来到电视机前面，"咦，蓝色比翼鸟，它怎么跑到动物园里了？"

"哇哈哈哈……笑死我了，真的是快笑死我了……"

"关书彦，你到底在笑些什么？"

"我还想那只蓝色比翼鸟多精明，想救另一半却不敢轻举妄动，没想到……没想到它原来是跑到动物

园去求偶了！"

反正都是鸟类嘛，看对眼就扑过去了，但更可笑的是，那些智利红鹤根本不鸟它，它还乐得跟在人家屁股后猛追不舍。

韦杰气恼地半吊着眼，没想到关书彦还有办法在这种节骨眼笑到差点从椅子上跌下去，"喂，既然知道蓝色比翼鸟就在动物园里，是不是该想办法把它给抓回来？"

"我又有什么办法？进得了动物园，我们就能爬过栏杆跳进水鸟池区吗？"

"但我们至少还能想些别的办……"

原本安静好几天的红色比翼鸟此时又开始躁动起来，想要挣脱掉嘴上这一圈可恶的封箱胶，韦杰看它可怜，还是过来将它嘴上的胶带给拆掉。

嘴巴一得到自由，红色比翼鸟又开始不管三七二十一咯咯地叫——

快，快放我出去！想背着我找别的女人，想都不要想，你看我怎么啄掉你那一身可恶的毛！

关书彦的笑真是想停都停不了，这一对比翼鸟实在是有够宝的。"你看你看，叫你们早点回地图里就不听，我们这个花花世界诱惑太多，随便在动物园逛一圈多的是比你好看的鸟。"

它是我的、它是我的！敢在外面给我偷吃，就不要想我会放过它！

Chapter 4 谜样女子

　　唷，看来这只母的比翼鸟醋劲还真不是普通的大。关书彦想了想，突然想到一个不需要花费半分力气的方法。

　　来到狗笼面前，关书彦笑嘻嘻地对着比翼鸟，"要我放开你可以，不过……你得答应我一件事……"

※　　　　※　　　　※

　　动物园内——

　　原本冷清没什么游客的动物园，现在陆陆续续涌入了观赏人潮，大家都争着跑来凑热闹，看那蓝色的怪鸟到底长得什么模样。

　　"现在记者正在动物园内的水鸟池区替观众作实况联机报导，园方已经请来著名的鸟类学家来现场进行了解，看这突如其来的鸟类到底是何种的……"

　　蓝色比翼鸟就像只打不死的蟑螂，依然穿梭在众智利红鹤中，而且还乐此不疲，殊不知自己的"劣根性"已经被另一只比翼鸟给看得一清二楚了。

　　就在此时，不知从哪又蹦出了一只红色怪鸟，它身手利落地跳进水鸟池区，开始朝蓝色比翼鸟狂奔。

　　蓝色比翼鸟吓得赶紧往反方向跑，还咯咯咯叫个不停，但是红色比翼鸟怎么可能放过它，当然是死追着它不放，大喊鸟语：别想跑！

"哦……"站在外围的游客继续观赏，好像在看斗鸡耶。

追逐了一阵之后，蓝色比翼鸟渐渐被追上了，紧接着就是红色比翼鸟一连串的鸟嘴攻势，啄得蓝色比翼鸟连连喊疼呀。

"加油！快，回啄它呀，哎呀光跑怎么行呢？"

大家在外围鼓噪，红色比翼鸟在圈内啄得起劲，好不容易气终于消了点，它们俩一振开单翅，便合在一起飞上天空，在场每个人都是不敢相信地张大嘴巴，呆愣了好久都不知道该有怎样的反应。

在现场的记者也是拿着麦克风呆愣了好久，像是白痴一样，她好不容易恢复神智，紧接着激动地报导："看到了吗？本台大独家，这根本就是现今科学难以解释的奇怪现象……"

比翼鸟飞过大半个动物园，最后落到某个比较偏僻荒凉的建筑物后，关书彦及韦杰便在那等着。

看到成对的比翼鸟飞来后，关书彦马上打开地图，比翼鸟便顺势化成一阵烟，飞回地图里，再也不作怪了。

不对，应该说红色比翼鸟不准蓝色比翼鸟在这个世界拈花惹草，所以把它给带回原本该待的地方了。

比翼鸟一消失，盘踞在天空的乌云也立即烟消云散，天边划出了一道美丽彩虹，终究是雨过天晴。

"Yes！大功告成！"赶紧收好地图，关书彦和

Chapter 4 谜样女子

韦杰终于可以松一口气了。

他们俩相视一笑，更想抱着对方痛哭流涕一番，终于结束了，所有的麻烦可终于解决了。

扬起爽朗的大笑，关书彦问着："小韦，找个地方庆祝，怎样？"

"好呀，你怎么说都行。"

※　　　※　　　※

"喂，书彦，你最近似乎挺忙的啊！"

学校内，关书彦和他的损友们刚从综教馆上完课走出来，他不解地皱眉，"为什么这么说？"

"你最近不都上完课就马上跑，还不知道跑到哪去，我们想找你还找不到咧。"

"哦，你们说的是这个呀。"关书彦得意地笑着："我去做大事业了。"

"去，少来了，去做什么大事业？"真的会去做，那才有鬼咧。

关书彦摇着食指，"不行不行，国家机密，可不能随意泄露的。"

那一群损友都忍不住动手赏他一拳，"你去死啦，敢给我们耍神秘，最近奇怪的事已经够多了，不差你一个。怎样，你是被火星人附身呀？"

什么火星人，他是被倒霉鬼附身。"不信就算

了，没必要每个人都送我一拳吧？"

"是你讨打！"他们又再加赠一拳。

"哎唷，好啦好啦，别闹了。"关书彦赶紧闪开他们附送过来的拳头，要不然他的中餐就全要从嘴巴出来了。

一群人在路上吵吵闹闹，欢乐得很，然而某个人却突然愣住，望着天空瞧了好久都没回过神。

"喂，怎么了？"

他指着天空，有些纳闷地开口："你们看。"

"看什么，就彩虹呀，雨过天晴出现彩虹是很正常的事，啊你是没看过彩虹哦？"

"看是看过，不过……雨过天晴是昨天的事，今天根本就没下雨呀。"

"嘎？"对哦！

其他路过的学生自顾自地和同学讲话："奇怪，我今天早上出门就看到那道彩虹，怎么都已经过中午了都还没消失？"

"你看你看，连不认识的路人甲都觉得奇怪了，我就不能奇怪吗？"

更奇怪的事情还在后头，那彩虹开始慢慢的飘过来，还从他们头顶上方的天空飘过去。啊这是怎样，彩虹自己长脚哦？

看到这种情况，关书彦只觉得哑口无言，看来……他昨天是太早庆祝了。

心中有些茫然，眼神忍不住地呆滞，他不由自主
掏出手机拨了一个电话号码，没过多久，电话接通
了，"喂。"

"姐。"

听他有气无力地回答，关若渝有些担心，"怎
样，有什么事吗？"

"我……可不可以问你一个神话问题？"

"啊？去你的，关书彦！"关若渝忍不住骂出
声："我在忙耶，还以为你有什么要紧的事，你还真
把我当成神话字典呀？"

"姐，别这样嘛，你只要回答我一个问题就
好。"

"呵，你真是有够烦人的，有什么问题就快说
啦！"

"有没有一种神话动物或植物或现象，像是……
彩虹的样子？"

"哦，有呀。《山海经》中就有'虹虹'的记
载，如果从甲骨文来看的话，你可以看到虹的甲骨文
是有两个头的奇怪……"

听着关若渝落落长地讲了一串，关书彦傻眼了，
原来他的苦命日子还没结束呀。

"我……我认了……"

※　　　※　　　※

　　安静的古董店内，此刻只有韦爷爷一个人在顾店，只因他的得力小助手韦杰还在学校上课没放学。

　　来到店内一角，他纳闷地看着不该出现在这的狗笼，是说他们家的来福也已经死掉很久了，还拿这出来干什么？

　　"该不会……他在我不在的时候偷养什么动物吧？"

　　"爷爷，我来了！"

　　一身的高中衣服都还没换下，韦杰一下课就来到古董店内，韦爷爷看他出现马上就把他给叫过来，"你这个死兔崽子在我不在时到底做了什么事，还不快把这个碍眼的笼子给搬走？"

　　"哦，好。"昨天一高兴就忘了这件事。

　　韦杰心情大好地轻哼着音乐，慢慢将狗笼给搬回原来的地方，突然放在书包内的手机响了，他只好先将狗笼给放着，来到柜台后。

　　"喂。"

　　"是小韦吗？"

　　"书彦，怎么了？"

　　听关书彦急切地说着最新状况，韦杰的表情只有越来越苦的份，为什么就不能让他先安心个几天呢？

　　"好，你等等，我马上到！"

　　一挂断电话，韦杰便马上冲出店门，韦爷爷看到忍不住又板起脸，"死兔崽子，哪有人做事做一半就跑的？”

"爷爷，对不起啦，死兔崽子待会再回来让你宰，我先去办重要的事了！"

"你……还真是越来越不知死活了！"还敢耍嘴皮子！

这狗笼放在半路能看吗？现在店里也没别人，韦爷爷只好一个人忿忿不平地拖着笼子走了。

然而就在韦杰离开没几秒后，一位身穿白衣的女子紧接着走进来。

"韦老板。"

韦爷爷看到那女子出现，马上换成欣喜的神色，"什么老板不老板的，说起来我也不是这家店真正的主人。小姐，已经有好长一段时间没看到你了。"

白衣女子淡笑着，"是呀，我是最近才回来的。"

她往门外微微张望，才又回过头来，"刚才从店里跑出去的那位少年是……"

"哦，他是我孙子，叫做韦杰，我打算将来这家店就让他来继承。"

"韦杰呀……"她低头沉吟了一会，像是在想什么。

"怎么了，有问题吗？"

"不，没事的。"她马上漾出笑容，"只不过这个名字让我想起了某些事情而已，有种怀念的感觉。"

"怀念？"

"其实你也不需要太在意我说些什么，反正也不是什么重要的事。"

随意走到玻璃橱窗前，她习惯性地往里面一探，却意外地没见到本该躺在里头的白玉戒指。

她微微讶异着，"该不会……"

"啊，真的是很抱歉。"韦爷爷连忙来到她身旁，赔着笑脸，"都是小杰不懂事，把不该卖的东西也卖了，如果你介意的话……"

"韦老板，这家店里的所有东西，没有一样是不能卖的。"

"啊？"不对吧，这和他从上任老板那接收的讯息有出入耶。

白衣女子柔和地微笑，"与其说有些东西不能卖，倒不如说，是那些古董还没遇到它们命定的主人，不是吗？"

"咦？是这样哦……"韦爷爷不禁抿起嘴琢磨着这句话，还真是玄奥呀。

再次望向橱窗内早已空出来的位置，她的笑容依然没变，因为她知道，这东西迟早会是别人的。

命定的主人呀……

※　　　※　　　※

Chapter 4 谜样女子

关家，关书彦的卧房——

将地图摊在桌子上，关书彦和韦杰很仔细地检查里面各个图画。

好，没有半个模糊的，这下总该没遗漏掉任何一个了吧？还好那个什么鬼彩虹非常配合地自动归位，要不然他们还真不知道要忙到什么时候。

"关书彦，我警告你。"这一段时间韦杰已经尝到不少苦头，所以他不得不叮咛："别再给我出什么差错了，知道吗？"

"你以为我想吗？"他也是千百个不愿意呀。

"最好是这样。"好不容易事情真正地告一段落，韦杰也就打算回去了，"别轻举妄动，千万记——"

"知道知道，你怎么比我妈还啰嗦呀？"呵，十足管家公一个。

他暗暗挑着眉，"嫌我啰嗦，那以后有什么事都别找我了，再——见！"

"啊……小韦——"

砰的一声，韦杰毫不留情地离开了，关书彦"去"了一声，心想他还真是连一点玩笑都开不起呀。

"算了算了，反正最近应该也不会有什么问题。"

将挂在脖子上的项链拆下，关书彦将玉戒给放在

掌心，他一直非常怀疑，戒指表面那流动的光泽，到底是不是眼花所产生的假象。

在左右翻动之际，一个不小心，戒指便掉到地图上，他没有思考便伸手想将它给捡起，但没想到的是，戒指就像是突然产生强大的磁场般，吸住他的手，让他动弹不得！

"这……这怎么会……"

在他还无法做出任何反应时，戒指随即隐没入地图中，连带地也把他给吸进去，在他还搞不清楚到底发生什么事时，一睁开眼，另一个崭新的世界便呈现在他眼前。

荒原、高山，缥缈烟雾不时从身旁飞散，眼前所见尽是那样的不可思议，让他的脑袋顿时当机，什么事情都没办法想。

难道他……真的进入地图内的世界了？

缥缈的雾中，一个黑色的身影逐渐清晰，是个长发女子，她全身上下穿着古朴的衣裳，额心一枚弯月印正显现淡粉的色泽。

她看到关书彦出现，不觉得讶异，反而漾出了笑容，"书彦。"

"嘎？什么？"她不讶异他，但……但他讶异她呀，"你……你认得我？"

天哪，这……这到底是个什么样的世界呀？

白玉戒

5

Chapter 5 白玉戒

他突然发现，
咸儿左手无名指上竟⋯⋯

五、白玉戒

迷雾中的古典女子，是那样的惑人心魂，却也让人迷惑不已。

"书彦。"

"你……你认得我？"

"你说这话还真是奇怪。"她失笑一声，"我是咸儿，你不是本该认得的？"

"咸儿？"关书彦更是错愕了，他真的没见过她呀，"嗯……这个……我们真的见过面？那我们又是在哪见面的？"

"别闹了，你怎么说话总是莫名其妙的。"她表现出一种见怪不怪的表情，往他身后继续行走。

"呃？啊，等等我呀……"

在这个陌生的世界，关书彦可不敢一个人独自乱闯，眼前这位叫咸儿的女人他虽然真的不认识，但有总比没有好，还是跟着她安全些。

"这个……咸儿？"

"嗯？"

"我们真的认识？"

咸儿微微偏过头，表情有些不堪其扰，"你自己想。"

"我……"就是想不到呀！

他可以很确定，他真的没见过这女的，像她这么漂亮又特别的女人，他没道理见过却完全没印象呀。

那现在问题到底是出在哪？到底是她有问题还是他有问题？

瞧关书彦还真的低头沉思纳闷了好久，咸儿不得不皱起眉，"书彦，难道你真的就一点也……"

缥缈的薄雾中，逐渐弥漫着一丝丝银色的柔线，它们飘浮在空气之中，或上或下，就像是有生命一般。

关书彦见到，不由自主想伸手摸摸看，却在下一刻被咸儿给阻止，"等等，别随便乱碰。"

"为什么？"

76

薄雾逐渐地散去，在他们俩面前出现了一棵大树，大树底下有个披头散发的女子，她不停地从口中吐出一束束的银丝，以大树为中心向外扩散。

树上悬满了轻柔的丝线，随风飘散着，远远看过去，被银丝给包围住的树倒像是一个大茧。

"赫？"看到那一直吐丝的女人，关书彦真的是被吓倒，"好可怕，怎么会有这么怪的人？"

咸儿听了倒是漾起笑，"怪？对我们来说，你才是那个最奇怪的人吧。"

看看咸儿和那吐丝女的穿着，再看看关书彦他自己，说的也是，好像他才是那个最奇怪的人呀。

"呵呵……"关书彦尴尬地笑着，"我也不是自愿想来这种地方的。"

"这我知道。"

瞧着咸儿不时漾起的笑容，没来由地，关书彦就是觉得非常舒服，他还没看过一个女子能有这么天然纯真的笑。

这样漂亮的笑容，他怎么可能看过却没印象呢？这也太奇怪了……

吐丝女慢慢转过头，将视线放在关书彦身上，眼神里似乎出现了某种奇怪的情绪，咸儿发现了便忙带关书彦离开，"我们不要久留在这，快走吧。"

"也好。"看到那女的，他也觉得怪恐怖的。

走在这到处都是迷雾的世界，说真的，关书彦是完全失去方向感，咸儿到底会把他带到哪，而他又该怎么回去呢？

"真是糟糕……"他该不会要永远迷失在这吧？

"书彦，怎么了？"

虽然这个机会可能微乎其微，不过关书彦还是打算问问："你……知道我是从别的世界来的？"

"知道。"

"真的知道？"这么神奇？关书彦再问："那……你知道我该怎么回到原来的世界吗？"

咸儿又是失笑一声，"这种问题怎么会问我，你自己不是知道吗？"

他会知道那才有鬼！"就当我最近常犯失忆症，忘东忘西的，可以麻烦你好心点告诉我吗？"

虽然不知道他到底在搞什么鬼，不过咸儿还是回答："你只要双眼闭起来，默想着要回去，不就能回去了？"

"真这么简单？"关书彦乐得想马上试试，"只要闭上眼睛就好？那我……"

"等等。"咸儿忙阻止他闭上眼，"你这么快就要回去了？"

"要不然咧？"

咸儿有些失望地微皱起眉，"我还以为你这时出现是要陪我去度朔山呢。"

嘎？他什么时候答应了？关书彦是一脸的无辜，"我……这个……"

"好啦，我是故意闹你的。"咸儿又恢复原本的笑容，"度朔山我自己去就好，你有事就先回吧。"

"真的？"

"当然是真的。"

关书彦心中是越来越多问号了，怎么感觉起来好像他亏欠她什么一样，好奇怪耶。

"对了，有样东西要给你。"咸儿将腰间的一个小布袋拆下，交给关书彦，"你拿回去你那个世界种吧。"

"种？"

关书彦疑惑地打开，发现里面是包了土的小叶苗，才刚抽芽没多久，"这是……"

此时咸儿的笑容突然染上一层薄薄的感伤，"这是'她'的心愿，希望能去你们的世界看看。"

她所能做的，也就只有这样了……

"她？"这个她又是谁？怎么讲得好像他也应该知道的样子？

正当关书彦还想开口寻求解答时，他突然发现，咸儿左手无名指上竟戴着一只红色条纹的白玉戒指！

"奇怪，你这戒指……"

"戒指？"咸儿疑惑地将手给举起，"我的戒指有什么问题吗？"

"那个……我的戒指咧……"他想到了，刚才没多想就随手收进口袋里，"你看，我也有一模一样的戒指。"

掏出白玉戒指，关书彦放在咸儿的面前，她看了也是忍不住地讶异，"好奇怪，我们俩怎么会有一模一样的戒指呢？"

同样以白玉为底，同样上头有红色的条纹，差别只在于咸儿的色泽比较圆润，关书彦的黯淡了些。

难道就是因为这白玉戒指的关系，才会让关书彦被牵引到咸儿的身边？

咸儿释然地微微轻笑，"这大概就是……命中注定吧。"

"命中注定？"

"是呀，这世上的一切都是命中注定，没有人能逃脱这命定安排的境遇。"

好玄的理论，但关书彦也忍不住要相信，或许这一切真的都是命中早已注定。

对他来说，来到这个世界或是遇到她，都只能算是个意外，但又怎么知道，这根本就不是意外，反而是他必经的历程。

就像她遇到他，也是一样……

"书彦，时间不早了，你还是快点回去吧。"

"我回去了，那你呢？"

"我当然是继续往度朔山走。"

咸儿想再见"她"一面，所以她必须上度朔山一趟，不管这路途有多么的遥远。

那执迷不悔的痴情女子呀……

※　　　※　　　※

双眼一闭，像是有股吸引力在拉扯他的身体，让他不由地向前跨了一步，关书彦吓得忙睁开眼，却发现，自己已经离开那奇怪的世界，回到自己的卧房内。

"真这么神？"

他一回头，看到地图还好好地躺在书桌上，完全没有任何的异样。

他可以确定自己并不是在做梦，因为那些画面都是如此地真实鲜明，况且……况且他手上还真拿着那袋小叶苗呀！

这还真是个新奇的发现，关书彦开心地忙下楼去，迫不及待想把这件事告诉韦杰。

以最快的速度来到古董店，关书彦也不管韦爷爷到底在不在，一进去就冲到韦杰面前，"小韦，我告诉你，我刚才——"

"对不起，我正在忙。"韦杰使了个眼色便故意走到一边，拿起鸡毛掸子清掉古董上的灰尘。

对了，关书彦倒是忘记，刚才韦杰离开时火气正旺，没想到现在还没气消呀。

"小韦，现在不是赌气的时候，我有一件很重要的事情要告诉你。"

"我不想听。"

"你不想听也得听，我刚才进去那个地图的世界，还碰到了一个美女。"

"什么？"韦杰终于惊讶地回过头，"你刚才说了什么？"

"我碰到了一个美女。"

"谁问你这个了，我是问你再上一句话！"

"哦，我刚才不小心进去地图内的世界了。"

"你……进去了？"韦杰赶紧再问："你没有随便做什么事吧？没有闯什么祸吧？没有带什么奇怪的东西回来吧？"

"奇怪的东西没有，倒是有人托我带了株植物回来。"关书彦现在还拿在手上。

"植物？这谁给你的？"

说到这关书彦就得意了，"一个叫咸儿的女人，是个美女哦。"

韦杰听了更是讶异，"咸儿？她说她叫咸儿？"

"没错，怎么了？"

"如果我猜的没错，你碰到的那个女人是神巫。"

"嘎？神巫？"

韦杰忙去把《山海经》给搬出来，然后翻到某一页，"你看，这书中有记载——

《山海经·大荒西经》：有灵山，巫咸、巫即、巫盼、巫彭、巫姑、巫真、巫礼、巫抵、巫谢、巫罗十巫，从此升降，百药爰在。"

"你的意思是说……她是巫咸？"

"十之八九准没错。"他很慎重尊敬地点点头。

"哦，神巫呀……"关书彦是一脸的纳闷，"神

巫是做什么用的？"

"哇咧，你连这个都不知道？"韦杰真的快被他的无知给打败了，"神巫是普通人与天神沟通的重要人物，她们无所不知，而且能力也无人能及。"

"真的这么厉害？"但他看咸儿柔柔弱弱的，看起来就像普通人一样啊。

"当然厉害了！"韦杰抓住关书彦，强力地威胁："下次你如果又想进去，记得通知我，带我一起去！"

他好想见见传说中的神话人物，为什么关书彦就能见到，而他却见不到，这不公平啦！

"怎么？你不要用那么'热情'的眼神看着我啦，这会让我起鸡皮疙瘩的。"

"放心，我对你一点兴趣都没有，我的目标是巫咸！"

"巫咸？喂喂喂，她是我先遇上的，你不准在她身上打什么主意。"

哇咧，这笨蛋脑中到底在想什么？"我对她的兴趣和你对她的兴趣完全不一样，你最好是清醒点，你和她可是不同世界的两个人。"

"这又怎样？"关书彦无所谓地耸耸肩，"谁叫我和她的相遇是命中注定呢？呵呵呵……"

完了，这个家伙在傻笑，他真的完了……

"关书彦，你给我醒醒，她不是你碰得了的

人……"

"对了小韦，这植物种在你们店门前好不好，我们家没地方种植物耶。"

"关——书——彦！我在和你讲正经问题！"

"我也很正经地在和你讲问题呀。"

"你还真的是……"

一条银白色的丝线勾在关书彦的裤脚，但他全然不觉，门外狂风大起，吹进了古董店，也吹走他脚上的那一条丝线。

摆在桌上的书页被强风吹得一页页翻过，没有人注意，最后书页停在某一页，那一页上，记载着一条看似普通，其实隐含着无限遗憾的叙述——

《山海经·中山经》：又东三百里，曰姑瑶之山。帝女死焉，其名曰女尸，化为瑶草，其叶胥成，其华黄……

84

※　　※　　※

来到度朔山，举目所见，尽是没有绿叶的枯木桃林。

桃林的范围绵延千里，中间有一棵千年大桃木，其它小桃木都是从它蔓延在地上的盘根长出，就这样密密麻麻的布满眼前所见之处。

桃林之内阴暗森冷，看起来着实诡异，在桃林的入口处，两名伟岸男子分坐左右两侧，衣衫老旧，像是饱经风霜的模样，旁边还有一只老虎伴随。

巫咸来到他们俩面前，轻声唤道："两位大哥，好久不见了。"

"咸儿？"其中一位神荼纳闷询问："这里是鬼门，你怎么会想到要过来？"

"我想……她应该是来找人的吧。"另一位郁垒淡淡地开口。

她漾起一抹笑，"是的，我来的确是想要找个人。"

神荼及郁垒，负责镇守鬼门的两位门神，在他们身后绵延千里的桃林内收纳了数不清的鬼魂，只要人一死，就归他们所管。

旁边的老虎是他们的神兽，专吃恶鬼，因此所有的鬼魂都害怕这镇门之神。

"找人？不成。"神荼一脸不容说情的模样，"这座鬼门只进不出，你是知道的，不是吗？"

"神荼大哥，我只要见她一面就好，连这样也无法通融？"

"我通融你，你这个特例一出，以后我和郁垒不就会被吵翻天，每个人都来到鬼门前要我们让他们见上已死的人一面？"

"你放心，我会很小心不告诉别人，不给你们二位添麻烦的。"

神荼很不以为然地撇了撇嘴，"这很难说，你不讲，不一定别人就不知道，这个世界的消息灵通得不得了，连天上偶尔飞个鸟过去，它们也会四处向人说嘴。"

巫咸不由得失笑一声，"神荼大哥，这里是鬼门，是没有鸟兽敢从你们的地盘飞过的，不是吗？"

"哦哦，我可不知道有没有那种就是不怕死的家伙会突然飞过。"神荼微偏过头，刁难的意味非常明显。

巫咸不由得皱起眉，她早该知道这两尊有办法镇鬼的神，再怎样都不会是什么好惹的家伙才是。

神荼这边已经是个死路，巫咸只好把目标转向一直沉默的郁垒，"郁垒大哥。"

没想到郁垒劈头就说："只进不出，这是常态。"一样毫不留情呀。

"我知道只进不出这是常态，但我真的希望能再见'她'一面，要不然……她不能出来，你让我进去找她可好？"

"不成，以你现在的身份，是进不去的。"

"这……"

瞧巫咸那苦恼的模样，郁垒微微轻叹，再度开口："你还听不懂吗？只进不出，这是常态。"

"嗯？"这……什么意思？

"既然有常态，也就该有'例外'吧？"

"例外？你的意思是……"

"你想找的'她'不在鬼门内，她已经趁机逃走了。"

"真的？"

郁垒指指神荼，"如果是假，那笨荼脸上怎么又会有惨败的痕迹？"

巫咸循着郁垒所指的地方看过去，果然发现神荼脸上有好几道抓痕，害她差点笑出声，却又得强忍着。

"死垒，你是存心让我难堪吗？"神荼连忙捂住惨败的证据，不由得羞红了脸。

这么说来，"她"真的不在鬼门内啰！巫咸欣喜地连忙谢过郁垒，"郁垒大哥，谢谢你。"

"这没什么，你要找她就赶紧到别地方找吧。"

巫咸再三谢过郁垒后，才连忙下度朔山去，既然"她"不在鬼门内，那一切就好办多了。

直到巫咸离去后，神荼才气得跳起来，"死垒，你这是在做什么？"

"陈述事实。"

"你这只是在给我们找麻烦而已！你这个死垒，怎么不早点滚进鬼门去？"

"要滚也得你先滚，我舍不得先离你而去。"

呵。

Chapter 5 白玉戒

"呸呸呸，给我住嘴，你这个死垒！"

"笨茶。"

"死垒！"

老虎在一旁看着，忍不住打了一个大哈欠，躲到一旁补眠去，反正他们这一斗嘴，没斗个一天一夜是不会停的。

两个太闲的人，斗嘴是他们惟一的消遣呀……

※　　※　　※

一个年轻女子兴冲冲地来到古董店门前，却赫然发现发现古董店今天没开门，让她扑了个空。

"什么嘛，要休息也不说一声，真是的！"

在门前小跺了一下步，人家不开门，她也没办法，只好轻叹一声打道回家，准备改天再来一趟。

她才正要离开，却像是被什么力量牵引般，突然停在古董店花圃的前面，她疑惑地蹲下身，看到一样有趣的东西。

是一朵含苞待放的花，花是黄色的，模样有点奇怪，不同于平常看得到的花。

"奇怪，这花叫什么名字呀？"

她好奇地碰碰花苞，没想到花却挑在这时慢慢展开，一股浓烈的香气散溢在四周，将那女子笼罩在香气里。

"呜……哈啾，哈啾——"

女子连声打了好几个喷嚏，似乎有些受不了这浓浓的花香，等香味好不容易终于散去之后，她再抬头一看，没想到发现花心有种奇怪的东西。

"咦？这个……"

忍不住好奇心的驱使，她伸出手，逐渐向花心逼近，越来越近……

※　　※　　※

"呵……"好无聊，好想睡呀。

坐在教室里，关书彦简直是昏昏欲睡，讲台前的教授讲话平板完全没高低音调，就像在念经一样，听得他是脑袋沉重不已。

不只他，连坐在他身旁附近的一干损友也连连阵亡，他还没直接趴下算很好了。

期待的下课铃声一打，教室内的瞌睡虫顿时都摇身一变，复活了！

无精打采地收拾着书本，突然有个人拍拍关书彦的肩膀，"书彦，我发现了一个大秘密。"

"什么秘密？"

"你说小仪当初拒绝你的告白是因为她是同性恋？"

"拜托，别再提这件事了。"他还不够糗吗？

他笑得可诡异了，"我看她的同性恋说法只是个借口而已，其实真正的原因，是他看不上你。"

"真的？"一听到有八卦，附近的损友全都围过来，"是有什么消息吗？"

"那是当然啰。"他一脸得意的模样，"听说呀，小仪现在正在倒追一个男的。"

"天哪！"一窝的男生双眼全发亮，独独关书彦是一副兴趣缺缺的样子。

对于小仪，他早已不再有什么感觉了，因为他现在已经转移目标了，呵呵……

"书彦，看你那什么表情，难道你不信吗？"

"信又怎样？不信又怎样？"对他来说，现在已经没差别了。

"那好，我们就去看看怎样？"

"好呀好呀，快走快走！"众人乐得大加鼓噪，这真是太好玩了。

关书彦无趣地吊着眼，"要去你们自己去，我不奉陪。"

"那怎么行，你这主角不到没道理！"他们也不管三七二十一，硬是抓着关书彦离开了。

"喂！你们怎么……"真是的！

一群人偷偷摸摸地跟在小仪背后离开学校大门，一路上又偷偷摸摸地跟了有十五分钟的时间，最后小仪停在某国立高中校门前，像是在等什么人一样。

　　大家看了先是一愣，最后不约而同地讶异，"这……太劲爆了，是姐弟恋？"

　　"Oh my God！书彦，原来你就输在太老了，人家小仪喜欢的是青涩纯洁的小男生呀！"

　　她爱姐弟恋又关他什么事了？她爱老少配也和他完全没关系，总而言之，他和小仪已经完全没瓜葛了。

　　大门陆陆续续出现下课的人潮，且越来越多，小仪观望了一会，连忙往其中一个清秀的少年面前跑去。

　　"啊，看到了看到了，就是那一个小子！"

　　"咦，小仪的眼光还不错嘛，那小子长得还蛮不错的。"

　　不错？关书彦勉强往前看了一会，不看还好，一看他的下巴差点讶异得掉了下来！

　　"小书，怎么会是他？"

　　"咦？"其它的人转头瞧着关书彦，"你认识那个小子？"

　　"岂只认识，我和他还熟得很咧。"

　　韦杰一看到小仪热情地奔向他，马上像是看到鬼一样吓得倒退三步，看来他似乎已经被骚扰有一段时间了，才会有这种反感的模样。

　　说实话，如果小仪喜欢的是别的小子的话，关书彦才懒得管，但她现在喜欢的却是他认识的韦杰，这不管怎么说，他就是有些气不过。

男人的尊严呀，他就不相信他会比不过韦杰，哼！

"小杰……"

"你……你别过来！"韦杰的眉结打得死紧，"我不是已经告诉过你，别再来随便缠着我吗？"

"可是我……"

"别再可是了，我不认识你，我真的不认识你，懂吗？"

小仪有些受伤地呆愣住，"你为什么要这样对我？我好不容易才找到你的。"

"够了，我不想再和你讨论这种问题，我有事得先走，对不起。"

说完韦杰马上快步离开，一点都不想多留在小仪身边半秒。

92

"等等，你不能丢下我呀。"

小仪毫不气馁地赶紧跟上，吓得韦杰连忙改走为跑，他真是怕极了这个死缠不放的"大姐姐"了。

"天啊，怎么会……咦？书彦？"

韦杰看到关书彦和一群人躲在转角处，就像是看到救星一样，他连忙冲到关书彦背后，"救救我，后面那个女人好缠人呀！"

"喂喂喂，你抓着我干嘛？你有本事招惹她，就要有本事自己收拾残局！"

"谁招惹她了，我根本连她是谁都不知道呀！"

"小杰！"

小仪跑到关书彦面前，眼神马上变冷，"你是谁，别挡着我和小杰说话。"

"啊？小仪，你不认得我了？"

"我要认得你干什么，你快让开呀！"

小仪纤细的手一推，关书彦立刻被甩到一旁去，她的力量大得惊人，害他撞到一旁的墙壁痛得要死，差点要脑震荡了。

"书彦，你没事吧？"

刚才在一旁看好戏的损友纷纷来到他身旁，终于有些担心的模样，关书彦摇摇疼痛的脑袋，只觉得这事有蹊跷。

她完全是变了个人，好奇怪，好可怕……

Chapter 5 白玉戒

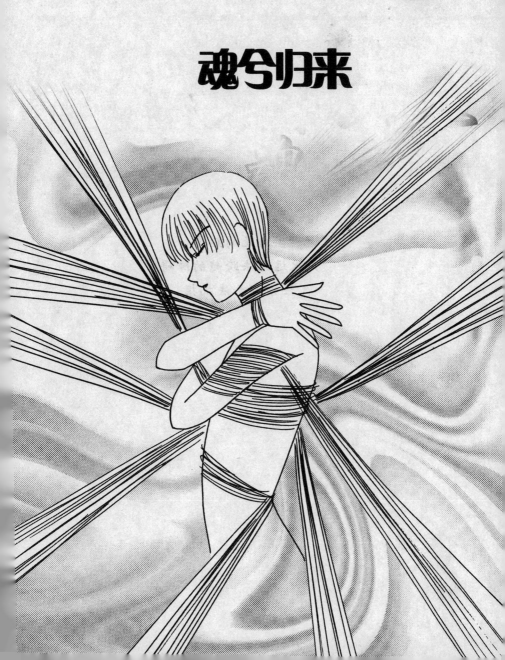

魂兮归来

生与死的距离，
是永远无法跨越的障碍，
任谁都无法抗拒。

六、魂兮归来

站在烟雾弥漫的荒原之上，巫咸有些茫然，不知道自己该往哪个方向走。

"她"到底到哪去了，为什么不管她怎么找，就是找不到？

"咸儿！"

巫咸转过头，在迷雾之间，逐渐出现了关书彦的身影，"太好了，我一心想着要来找你，果然没闯错地方。"

她漾出了笑，"你总是能找到我的，不是吗？"

总是？他也总共来不过两次而已呀，不过这个问题不重要，只要他还有办法找到她就好。

"对了，你去度朔山，然后怎样了？"

巫咸无奈地摇摇头，"我想找人，却找不到。"

"为什么？"

"因为她早就已经不在度朔山了。"

天地就算再宽阔，也是有尽头的，巫咸就是搞不懂，为什么不管她怎么找，就是找不到"她"的身影？

天空上盘旋着一只大青鸟，不时鸣叫着，巫咸登时张开手臂，那青鸟便由上飞下，停在巫咸的臂上。

青鸟又叫了几声，巫咸听了只是微微皱眉，"连你也找不到，这是为什么？"

她还特地向西王母借了这只青鸟帮她找人，结果没想到，"她"就像是彻底在这个世界上消失了一样，连这青鸟也追查不到她的消息。

瞧巫咸不断地皱着眉头，关书彦真感到有些不忍。"有什么是我可以帮忙的，告诉我，我绝对帮你！"

她失笑一声，"连西王母的青鸟也帮不了我，更不用说是你了。"

西王母？哦哦，这个他就知道了，就是道教常在拜的那尊"瑶池金母"，没想到原来她早在《山海经》内就出现了。

"这样啊。"他无可奈何地耸耸肩，"我认输，原来我比一只鸟还不如。"

"你这句话怎么好像是在埋怨我？"

"没有，我怎么敢呢？"只是少了一次表现机会，有点可惜呀。

原本安静的青鸟此时却突然躁动起来，拼命拍打翅膀，还不时地鸣叫，吵得关书彦真后悔自己没随身带个封箱胶来。

他纳闷地闻闻自己衣服，"她说我身上有味道，什么味道，我怎么没闻到？"

　　巫咸突然漾起兴奋的笑容，"是'她'的味道，绝对没有错！"

　　"她？"到底是谁呀？

　　"书彦，你快告诉我，在来这之前你碰过什么人，或者是遇到过什么怪事？"

　　"我碰到的人不就那些……"关书彦顿了一下，突然想到，"是小仪！"

　　"小仪？"

　　"她是我认识的一个人，但我今天见到她时，发现她变得好奇怪，不但不认识我，力气还大得吓人。"

　　直到现在，他的脑袋还隐隐作疼呢，一定是肿个包了。

　　"那就对了，应该是她！"

　　巫咸直到现在才恍然大悟，她和青鸟一直找不到"她"的原因，惟一的一种解释，就是她已经不在这个世界了。

　　她开心地拉住他衣袖，期待地开口："书彦，我想要你帮我做一件事！"

　　"好呀好呀！"终于有他英雄用武之地了！不过关书彦后来顿了一下，似乎这么快答应有点小不自量力。

　　"对了，你想要我帮什么？"

※　　※　　※

古董店内，除了韦爷爷祖孙俩外，最近倒是又多了一个顾店的。

只见小仪笑着坐在古董店一角，看韦杰在店内忙东忙西，虽然很无趣，却一点都没有厌烦的模样。

看到这种情形，韦杰只能无奈地叹了口气，怎么甩都甩不掉她，他也只有认命的份了。

"喂，小杰。"韦爷爷靠到韦杰身边，小声地问："你怎么会拐来这样一个奇怪的小姐？"

"爷爷，不是我拐她呀。"韦杰也小声地回他："是她自己黏上我的，而且我还被黏得莫名其妙。"

他还记得第一次见到小仪时，她简直是兴奋地直接朝他冲过来，直说：太好了，我终于找到你了！

见鬼了，他那天是第一次见到她，连她叫什么名字都不知道，就跟她说认错人了，她却像是没听懂一样，就这样缠他缠到了现在。

这叫桃花运吗？如果真是，韦杰真想请个人把他身上的桃花赶紧砍掉。

"是她自己黏上你的？"韦爷爷露出"真是难得"的诡笑，"啧啧啧，看来我们家韦杰的魅力也不小，是不是？"

"爷爷，你可以不要再取笑我了吗？"他已经够烦了，还得被人这样消遣。

"有人追是件好事，不是吗？"

"你当我是女的呀？"是不是被她追到手后，他也得入赘她家？

偷偷瞧向坐在一旁的小仪，她虽然是大学生，却让他感觉她的心智年龄没到那种程度，似乎比他小一点，超不搭调的。

听说关书彦认识她，然而现在关书彦却弃他于不顾，放任小仪这样缠着他，简直是超没良心，连一点朋友道义都没有。

"啊，差点忘了！"韦爷爷突然大叫出声："小杰，有一样古董我忘了给顾客，要麻烦你帮我跑一趟了。"

"好呀。"

拿了韦爷爷交给他的小盒子，韦杰马上动身出发，小仪看了忙从椅子上跳下，"小杰，你要去哪，我陪你好不好？"

"如果我说不好，你会让我一个人去吗？"

她想也没想就马上回答："不会。"

哇咧……他就知道。韦杰翻了个白眼，再度认命。"算了算了，一切随便你。"

走在路上，韦杰自顾自寻找客人家的地址，完全没有理小仪的意思，不过这也没关系，小仪只要跟在他身后，也就觉得很开心了。

也不管他到底有没有听，小仪兴奋地开口："你住的地方好特别，好热闹，我好喜欢。"

她住的地方跟他住的地方又有什么差别？韦杰撇了撇嘴，懒得理她的疯言疯语。

"不过……这个地方虽然热闹，空气却非常不好，不像我们那边一样清新。"

敢情她是住乡下？人少空气又新鲜？既然如此，她就不要到大城市来嘛！韦杰忍不住在心中埋怨着。

小仪甜甜地扬起笑，"说真的，我从来就没想过，还有办法再见到你。"

她还以为……从此见面无望了……

听到小仪又开始发花痴，韦杰终于忍不住开口："说真的，我也从来就没想过，为什么我会无缘无故招惹到你？"

"你又说这种话伤我的心。"小仪有些气恼地嘟起嘴，"不过不要紧，我可不会这么容易就被击倒。"

是呀是呀，如果她真这么容易就被击倒，早就被他给骂跑了，又怎会死缠着他到现在不放？

"哇啊啊……这是什么？"

韦杰吓得往路旁避开好几步，只因为地上爬满了奇怪的东西，他蹲下来一看，没想到是一堆慢慢爬行的蚕宝宝。

数量这么多，看起来怪恶心、怪可怕的。"到底

是哪家人养的蚕宝宝，怎么这么没公德心？"

是小学的养蚕季又到了吗？不对呀，现在是冬天，哪里来的蚕可养呀？

虽然心中有一大堆疑惑，不过还是送货要紧，送完货店里还有事情等着他做呢。

小心地避开这群蚕宝宝大军，韦杰对身后的小仪说："小心点，别踩到她们。"

咦？这是他第一次关心她耶！小仪开心地漾着笑，"好。"

韦杰先往前绕过后，才换小仪小心翼翼避开地上的蚕宝宝，在避开的同时，她忍不住停下脚步，望向身旁一栋新颖的公寓大楼。

一丝丝半透明的银色丝线若隐若现，包围住这栋大楼，来来往往的人没有半个注意到，然而他们也不会注意到。

现在普通的人看不到，但是再过几天……那就难说了……

※　　※　　※

站在古董店前，关书彦战战兢兢地等着，等他的狩猎目标自动出现。

韦杰透过玻璃窗看他站在外面都不进来，忍不住纳闷地推开店门，"书彦，你在干嘛，在外头站了那么久为什么不进来？"

"我不是找你，进去干嘛？"

"不是找我，那你来这干嘛？"

"来这堵小仪啰。"

关书彦知道，要找小仪的最好办法，就是来古董店前堵人，因为她绝对会出现，不管晴天飘雨下冰雹。

"堵小仪？为什么？"

"当然是为了咸儿拜托我的事情啰。"如果不是这样，他才懒得和小仪见面，尤其是现在这个怪到不行的小仪。

"你又一个人跑到地图里了？"他马上是一脸兴师问罪的表情，"不是跟你说一定要带我吗，结果你还偷偷地给我去？"

104

关书彦以有些调侃的口气回答："我看你最近忙得很，根本走不开，所以就不打扰你啰。"

"你以为我想吗，还不是她……"

狩猎目标出现了，他们俩连忙停止谈话，等着小仪自己走过来。

走了没几步，小仪戒慎地停下脚步，狐疑地瞪着关书彦，"你来这干什么？"

"我来是希望能劝你回去的。"

"回去？"

"咸儿找你已经找很久了。"

小仪冷哼了一声，"我为什么要回去？"

"因为你根本不属于这个世界，甚至连这具躯体也不是你的。"

"躯体？"韦杰小声地反问："她被附身了？"

"没错，这也就是为什么她突然变得这么奇怪的原因。"

"我才不回去。"小仪愤怒地拧起眉，"我在这过得好好的，我才不回去，任谁也无法逼我。"

"那你是要逼我出绝招啰？"

"哼，我会怕你吗，来呀！"她就不相信他有什么办法治她。

"够有种，你就别给我跑！"

关书彦不甘示弱，从背包后掏出桃木枝，作战斗姿势，"还认得这是什么吗？"

小仪顿时脸色大变，还倒抽了口气，是度朔山的镇鬼桃树！

"咦？看你的表情，是真的怕这种东西呀。"关书彦笑得可乐了，"如果想要少受点苦，就乖乖离开她的身体，跟我回去。"

当初巫咸带他向两位门神要了这桃木枝，说是可以镇鬼，他还不是很相信，毕竟一个再普通不过的植物，又怎么会有神力让鬼魂害怕呢？

"这是桃木枝？"韦杰有些讶异他会拿出这种东西，"自古以来，桃木就有镇鬼驱邪的作用，没想到你会拿出这种法宝。"

"咦？自古以来都这样？"原来它的历史渊源已经这么了？

"那是当然。"韦杰突然灵机一动，"对了，我们店内有收藏一把桃木剑，听说是明朝某位很有名的道士遗留下来的，他的制鬼威力应该比你的桃木枝要强吧？"

"真的？你怎么不早说，快点去拿出来呀！"

"哦，好！"

"什么？小杰！"小仪气愤地大喊，他为什么要帮着别人来对付她呢？

这是为什么？她没有害人的意思，她只想留在韦杰身边而已呀！

现在的局势对她极端不利，小仪只好先转身逃离这个地方，不过她才不会轻易认输回去的。

"小仪，你别想跑！"

韦杰跑回店内取剑，关书彦则先行追赶小仪，巫咸说再让她附身久一点，小仪的身体肯定会承受不了，毕竟她是寄居在宿主身上，没有益只有害。

不管她有什么理由，不管她的理由多让人同情不忍，会害人的东西，还是尽早解决的好……

　　　　※　　　　※　　　　※

106

"不行，我不甘心，我不要就这样回去！"

奔跑在马路旁，小仪心中有千千万万个不甘，连韦杰也要和她作对，这更让她感到心寒。

为什么……不该是这样的……

后面不远处，关书彦紧追着不放，小仪一咬牙，既然他想阻挠她，就别想她会轻易屈服！

心中打定主意，小仪随即转个弯，往另外一个方向跑。

"该死，从没见过一个女生跑步像是在飞一样！"关书彦眼见他和小仪的距离又拉远了，连忙拼命加快脚步。

追了好长一段路，小仪突然转进一栋刚建成没多久的大楼里，他想也没想就跟着闯进去，却没料到这是一个庞大的陷阱。

"这……这是什么？"

经过大门管理室，来到大楼的中庭，中庭造景是中国小庭园，而庭园正中则造了一个小凉亭。

凉亭内，一个三公尺长的茧透着半透明的光线，隐约可以看出，里面有个非常庞大的蛹，大得吓人。

银色丝线以凉亭为中心向四周的大楼蔓延，像是个蜘蛛网，附近还有好几个大小不一的长茧，光线微微透过，被包围在里面的似乎是人。

关书彦吓得倒退了好几步，身上却被随风飘扬的丝线给黏住，害他急得想拍断这些缠人的东西。

就在这时，好几只庞大的蚕从凉亭四周的草丛钻了出来，其中一只对他吐出蚕丝，将他的手给牢牢缠住。

"该死，这……"恶心死了！

"哈哈哈……"

小仪从大蚕茧后现身，非常地幸灾乐祸，"这些蚕儿为了保护即将孵出的蚕蛾王，会把出现的人类给困在蚕茧里，到时候是生是死，那就很难说啰。"

他看过这银色丝线，和他上次在另外一边的世界看到的是一模一样，为什么会出现在这？难道是他不小心给带到这个世界来的？

另一只大蚕也对着关书彦吐丝，准备将他剩下的一只手也给缠住，此时韦杰好不容易才追到，他看了连忙冲了过去。

"书彦！"

108

他用带来的桃木剑挡住缠过来的蚕丝，大蚕一甩头，就将韦杰手中的剑给甩走，往后朝小仪抛去，她吓得来不及做任何反应，桃木剑便削过她左肩，将她连衣服给钉在水泥墙上。

"好痛……"她捂着微微渗出血迹的肩膀，却因为不敢碰桃木剑，而束手无策地僵在当场。

其他几只大蚕将目标通通瞄准韦杰，同一时间对他吐出数以千万计的蚕丝，先从脚开始，逐渐由下向上蔓延。

关书彦好不容易才挣开手中的蚕丝，看到换韦杰陷入危险当中，情急的想要靠近，"小韦——"

"别过来！"

"为什么？"

"如果我们俩都被困住，那不是很糟糕吗，至少也要留你一个人在外面想办法，想想该怎样解决眼前的情况呀！"

韦杰连忙将关书彦给推走，让他远离这个中庭，如果再不快一点，蚕丝就已经快缠到他腰际了。

"小……小杰……"

眼看着韦杰就快要被蚕丝给团团围住，小仪好心急，却又非常地无能为力。

好痛……都是这桃木剑，要不是它……

"可恶！"

一气之下，小仪奋不顾身地握住桃木剑，想要将它拔下，就算她的手因此而痛麻得受不了，她还是咬牙忍住，死也要拼这一回！

原本牢牢插入水泥墙里的桃木剑开始松动，小仪已经冷汗直流了却还是不肯放弃，唰的一声，剑被拔下来了，而她终于又重获自由。

搁着肩上的伤不管，小仪马上跑到韦杰身边，徒手想替他把身上的蚕丝给拉掉。

"你在干什么？"韦杰对着她怒吼："既然有办法跑，那就快逃呀！"

"不，我不要抛下你！"

手好麻、肩好痛，小仪边流泪边扒开韦杰身上黏人的丝线，却怎样都比不上大蚕吐丝的速度。

没过多久，小仪也被蚕丝给缠绕住，动弹不得，韦杰真的不懂她为什么要不顾性命地为他付出一切。

"你快走，要不然就真的走不了了！"

"走不了就走不了，我要和你在一起！"

"笨蛋！你这么做到底是为了什么？"

"为了什么？"她笑中带泪，却是十分坚定，"那还用说，因为我很喜欢你……"

韦杰一愣，有些异样的情感在此刻从心底冒出，这是……什么？

小仪一再地重复，只因这是她最真、最宝贵的情感，"我是真的喜欢你，很喜欢很喜欢……"

从见到他的第一眼……开始……

110

※　　　※　　　※

站在大楼外，关书彦六神无主，不知道该如何是好。

这一栋大楼刚建成，所以里头几乎没有住户，被蚕茧缚住的应该是附近不小心进来的人吧。

韦杰和小仪都被蚕丝给完全包覆住，大蚕们为了防止还有更多人闯进来，干脆吐丝准备将出入口给封

死，来个永绝后患。

"该死的！为什么，我到底在干什么？"

眼睁睁看着他们陷在里面，却连一点办法都没有，关书彦真的好气，气自己的无能害了无辜的人。

如果他能够知道这蚕的弱点的话，那不知道该有多好……

突如其来的，一群又大又黑的蚂蚁出现在大楼外，鱼贯地往中庭爬去，关书彦看到时讶异的一愣，哪来的这么多蚂蚁？

就像是接到命令一样，蚂蚁冲过大蚕所制造出的屏障，往他们身上爬，顿时那几只大蚕都出现痛苦的模样，拼命摇晃身体，想把身上攀爬不停的蚂蚁给甩下来。

对了，关书彦顿时才想到，蚕的天敌是蚂蚁！

但这样还是不够，关书彦忙拨开蚕网往里头看，发现凉亭内的大茧有微微颤动的迹象，看来大蚕蛾是打算破茧而出了。

这可怎么行，如果真让蚕蛾给破茧而出的话，情况绝对会比现在还要可怕，那种可怕绝对是无法想象的！

水，蚕怕水，你有办法立刻弄到水吗？

"是谁？"

关书彦错愕地回头一瞧，却没见到任何人，到底是怎么回事，他听到有个女人的声音回荡在这空间里。

　　已经没时间多想了，关书彦从背包内掏出山海经图，抱着姑且一试的心态，碰触其中一个图画，"出来吧，比翼鸟！"

　　一股青烟升起，比翼鸟立即出现在他面前，他急迫地开口："拜托，我需要你们的帮忙。"

　　像是能够感应到他内心的想法，比翼鸟飞到凉亭上空，鸣叫一声，天空顿时出现密布的乌云，并且立刻在这附近下起大雨来。

　　大蚕们在淋到雨后，更是痛苦地拼命扭曲，过没多久就躺在地上奄奄一息，再也没有反抗的余地。

　　但问题依旧存在，那个大蚕在凉亭中，根本淋不到雨，蚕茧上已经微微出现一道裂缝，看来再过没多久，它就一定会破茧而出的！

　　轰隆一声，一道落雷从天空降落，将凉亭给劈成两半，蚕茧在碰到落雨后开始慢慢融化，在茧内的蚕蛾也禁不住这雨水的浸蚀，在蛹内挣扎，却再也无法从茧内出来。

112

　　挣扎了好一段时间，大蚕终于停住不动，然后突然开始快速地腐化，就像是被淋上强烈硫酸一样。

　　关书彦拼命动手掰开缠绕住韦杰和小仪的蚕丝，弄了好一会才让他们俩重见天日，还好他们俩都还有呼吸，只不过呈现半昏迷的状况。

　　"喂，你们两个快醒醒，快醒过来呀！"

韦杰率先回复意识，拼命摇晃着头，小仪则坐在地上连声咳嗽，似乎是非常的难过。

"咳……咳咳……唔……"

咳到一半，小仪突然吐出一颗黄色的水晶，随之掉在地上，韦杰担心地扶住她，别让她倒下，"小仪，你怎么了？"

"我……"她好不容易睁开眼，有些迷惑地瞧着他，"你……是谁呀？"

韦杰的表情明显地呆愕住，她怎么了？

"痛……我的肩膀好痛。"小仪瞧瞧她的左肩，忍不住尖叫起来，"流血了，这是怎么回事，我又为什么会在这？"

"小仪？"关书彦来到她面前，试探性地问："你认得我吗？"

"书彦，你问这个什么白痴问题，还是前不久你被我拒绝后，无法承受这个打击，脑筋瞬间退化？"

"太好了，你可终于恢复正常了！"

"好什么好，我肩膀好痛，快点送我去医院啦！"

小仪恢复正常了，那原本附身在她身上的那个小仪呢？韦杰有些担心地问："附在你身上的女的呢？她到哪里去了？"

"你在说什么，我听不懂！"

不见了……她不见了，在抛下喜欢他的那句话之后……

心中突然产生个空洞，让韦杰有些难过，直到前一刻，她还奋不顾身地想救他，然而转眼之后，一切都全变了。

他是该高兴的，毕竟那个缠人的小仪终于消失，他终于摆脱掉麻烦，不是吗？

但为什么此刻的他却……却感到非常的……难过，不舍……

看到韦杰出现有些落莫的神情，关书彦关心地询问："小韦，怎么了？"

"我没事，只不过……有些累而已。"他勉强扯起一抹笑。

被雨水洗刷的黄色水晶，冒出了淡淡的烟雾，它在没人注意的情况下，飘回关书彦的地图内，终于回到它该回去的地方。

该回去的……不是吗？

※ ※ ※

一望无际的草原，绿草随风飘扬，一位半透明的女子遥望远方，心中思绪千千转。

她幽幽地叹了口气，这一声声，都传到由后接近的巫咸耳里。

"回来了？"

　　她微微偏过头，无奈一笑，"抱歉，让你添了麻烦，也给许多人添了麻烦。"

　　"回来就好，其他的就不重要了。"

　　巫咸和她并肩远望，淡淡开口："出去一趟，心中还有什么遗憾吗？"

　　"遗憾……从我死去的那一刻，就从没离开过我，从没离开……"

　　生与死的距离，是永远无法跨越的障碍，任谁都无法抗拒。对她来说，遗憾只会永远伴随着她，直到她再次重生在这个世界上。

　　再次重生……能遇得到他吗？

　　将脸上犹有遗憾的表情卸下，她漾起灿烂的微笑，"我该回度朔山了，你陪我回去好不好？"

　　"为什么？"

　　"有你在，我想神荼和郁垒两位大哥应该会手下留情些，别把我拿去喂他们身旁的饿虎。"

　　巫咸有些哀伤地强扬起笑，虽是不舍，却还是回答："好，我陪你。"

　　能陪的，也就只有这一段路了，就这一段……

7

迷踪之旅

Chapter 7 迷踪之旅

世界的一切
都依照既定的命运在走……
人们之所以会认为这是意外，
那只是因为，
他们并不知道
这就是他们该经历的路程。

七、迷踪之旅

向爷爷交代了一下去处，韦杰离开古董店，准备要去关书彦他家报到。

在离开之前，他停在店门的花圃前，看着花圃里一朵已经凋谢的黄色花朵。

从口袋里掏出一颗黄色水晶，这是小仪那天吐出来的，之后被他给拾起，就一直留在身边。

事后听小仪讲，她某天听了同学的推荐，想来他们古董店买东西，没想到那天古董店没开门，而她就在花圃前看见这黄色的花朵。

原本花朵是含苞待放，却在那时突然盛开，她看到花心居然有颗黄色水晶，好奇之下就将它给带了回去，然而之后发生了什么事，她却一点印象都没有。

所以到了最后……"她"只留下这样东西，一颗黄色的水晶。

将水晶放回口袋，韦杰不再多想，还是赶紧到关书彦家的好，和他约的时间已经快到了。

来到关书彦的房间，他早就已经等候多时，一切都准备就绪，等韦杰一到，他们就能立刻出发。

"小韦，准备好了吗？"

"这是当然，我一直很想见见传说中的巫咸。"韦杰很肯定地点头。

"那就好。记住，待会一定要抓紧我，知不知道？"

"没问题。"

将山海经图给挂在墙壁上，他们俩双眼一闭，马上就有一股无形的力量将他们吸入图中，带领他们到另外一个世界。

身旁就像有风疾速飘过，带来沁凉的感觉，等到关书彦再度睁开眼时，他已经来到一个充满碎石与杂草的平原中，四周还是像他前几次来时一样，不时地飘着淡雾，就像将眼前的景色覆上一层薄纱般。

"好啦，这里就是我所说的那个世……"关书彦将头给转到后头，脸上表情顿时大变，"人咧？"

奇怪，整个平原上怎么只有关书彦一个人，一起跟来的韦杰呢？

"小韦，你是给我躲到哪了，快点出来呀！"

他在搞什么鬼，不是叫他要抓好吗，现在人到底跑哪去了？

前方烟岚内出现了一个模糊的身影，关书彦连忙跑上前去，又急又气地说："你别吓我好不好，如果你在这迷路的话，那我……呃？"

从烟岚后现身的并不是韦杰，而是巫咸，他拧了

拧眉，连忙问着："咸儿，你有没有看到一个和我穿类似衣服，然后比我小一点的男生？"

巫咸无言地瞧着她，脸上有说不出的困惑。

"咸儿，你怎么了？"干嘛这样看着他？

她纳闷了一会，"你……怎么知道我的名字？"

"啊？"这是怎样？

"还有，你是谁呀？"

"嘎？"

现在是怎样，她不是该认得他的，怎么看她的表情……像是完全没见过他一样？

奇怪，这真是太奇怪了！"咸儿，我是书彦呀，你不认得了吗？我们不是才……"

※　　※　　※

"书彦，你到底跑到哪去了？"

独自一人走在草原之上，韦杰实在是纳闷极了，为什么关书彦会不见，只留他一个人在这什么都没有的鬼地方？

真是糟糕，如果他自己一个人在这迷路的话，那他不就死定了，关书彦绝对找不到他的嘛！

"可恶，怎么会这样，我明明有抓好他的呀！"

在这个陌生的世界，韦杰根本不知道该何去何从，况且他对这里一无所知，盲目乱闯只是死路一条而已。

他该怎么做？枯等在这，也不见得能等到关书彦来找他。

正当韦杰苦恼的思考之际，不远处传来了女子清灵的笑声，他不由自主迈开步伐，直接向声音来源走去。

迷雾散去，前方有一座一个人高的小土崖，土崖上坐了一位古典女子，她看起来没多大，比韦杰还要小一点，两脚悬挂在崖上摇晃着，不时哼着简单小调。

她瞧着崖下的韦杰，尽是讶异的表情，"咦，你是谁？你打哪来的呀？"

"我……"

韦杰苦笑着，他打哪来的？这个问题……还真是难回答呀。

她从崖上跳下，就像是看到稀有动物般围着他东瞧西瞧，"好奇怪，你怎么穿成这样，我从来没见过这么奇怪的衣服。"

她好奇地伸出手，想要掀掀韦杰的衣服，却被他连忙加以阻止，"喂喂喂，你想干什么？"

"我……就是想看看嘛。"她有些难过地嘟起嘴，就像是在问：不能看吗？

韦杰难为地苦皱着眉，想一想，干脆把外套脱下来递给她，让她可以好好地研究一番。

122

"哇……"她都快看呆了，怎么会有人穿这么奇怪的衣服呀？

兴奋地将外套给穿在自己身上，她左瞧瞧、右看看，觉得新鲜极了，"好好玩，穿起来还暖呼呼的。"

韦杰真感到有些哭笑不得，这个小姑娘好奇心真的好重，从她活灵活现的双眼可以看出，是个俏皮又活泼的女孩。

"姑娘，我叫韦杰，你呢？"

她望着他，漾出灿烂的微笑，"瑶，大家都叫我瑶姬。"

※　　※　　※

在碎石平原之上，关书彦拿了一根枯枝，在地上写了三个字，"关书彦，这是我的名字。"

巫咸皱了皱眉，"看不懂。"

她当然看不懂，关书彦就不信他们俩的文字有办法相通。

换巫咸拿过他手上的枯枝，在地上写了一个字，"咸，这是我的名字。"

"我也看不懂。"好奇怪的文字，像在画图一样。

"那你为什么认得我呢？"

"我也很纳闷，为什么你会不认得我？"

一切都反过来了，当关书彦第一次来到这世界时，她认识他，他却不认识她，然而现在……他认识她，她却对他完全没有印象。

关书彦真想抱头大叫一声，这到底是怎么一回事，有没有谁能告诉他？

看他苦恼的模样，巫咸只能无奈地笑着，"抱歉，我真的怎么想都想不起你，你的模样、你的声音，对我来说，都是个陌生的记忆。"

瞧关书彦的样子，不像是在撒谎，但她真的对他完全没有任何印象，这么奇特的人她如果见过，绝对不会忘记的。

那这么说……他们俩之间到底出了什么问题？

"对了，你刚才说，你是从另外一个世界过来的？"

"是呀，或许该说，我是从未来过来的。"

与其说山海经图和他所存在的现代是两个不同且并存的平行世界，关书彦反倒觉得山海经图的世界是远古世界，而他所住的地方代表着现代的世界。

就像是时间在线最左和最右的两个点，地图代表着门，玉戒代表着钥匙，他一开启门锁，就启动了穿越时空的机器，将他给带回几千、甚至几万年以前的远古时代。

"未来？"她有些诧异地笑着，"好玄妙的事

情。"

关书彦也轻扯着笑容，"我也觉得很玄妙，想不相信都不行呢。"

"那你为什么会来到这呢？"

他耸耸肩，"一切都是意外，不是我能控制的。"

"意外？对我来说，这个世界上并没有意外，从来就没有。"

世界的一切都依照既定的命运在走，没有任何意外，人们之所以会认为这是意外，那只是因为，他们并不知道这就是他们该经历的路程。

"命中注定？是吗？"

"是呀。"

果然就像是她会说出的话。关书彦轻笑着，突然想到一件重要的事，"糟了，聊一聊我都把小韦的事给忘了！"

这是该怎么办，他到底要去哪找韦杰呢？这么广阔的世界，他又怎么知道韦杰到底掉到哪个角落？

"怎么了？小韦又是谁？"

"他是跟我一起来的一个朋友，不过中途却消失了。"

"他为什么会消失？"

"最好我是会知道原因啦。"他也是一头雾水呢。

Chapter 7 迷踪之旅

　　不行不行，如果就他一个人回去怎么可以，事关一条人命，他可不能马虎的。

　　"啊，对了！"关书彦突然想到个办法，连忙对巫咸说："青鸟，可以麻烦青鸟帮我找找小韦的行踪吗？"

　　"你说的是……西王母的青鸟？"

　　"没错。"关书彦连连点着头。

　　他看过巫咸拿青鸟来找人，所以应该也可以拿青鸟来找韦杰吧。

　　巫咸微微皱起了眉，"可以是可以，不过……得看西王母肯不肯借。"

　　西王母的脾气阴晴不定，又独自一人居住在玉山之巅，想见上她一面都难，更不用说借什么青鸟了。

　　"我可以带你去找西王母，但她借不借青鸟，就得看你自己的造化了，知道吗？"

　　"好，那就麻烦你了。"

※　　　※　　　※

　　"来嘛，我们快走。"

　　"要走到哪？"

　　"走到哪就走到哪，哪里还管那么多呢？"

　　一路上，韦杰始终被瑶姬给拉着到处走，他根本就不知道她的目的地在哪，或者该说，在她心中，根

126

本就没有所谓"目的地"这种东西存在。

韦杰暗暗地叹了口气，被她这样到处拉着跑，关书彦一定更是找不到他的。

他们越走越荒凉，越走越干旱，现在到底是处在什么地方，韦杰根本是一点头绪都没有。

虽然他曾经读过《山海经》，但此刻对他一点用处都没有，那本书里多的是残缺不全的记载，而且书中所记载的事情，恐怕也只是非常小的一部分，有绝大多数的东西并没有记录在书里面。

这是该怎么办，他还真的是迷失在这个世界里了。

"小杰，小心！"

"什么？"

韦杰往后一瞧，发现有个人直朝着他们俩冲撞过来，瑶姬快手快脚地闪到一边，倒是韦杰反应比较慢，躲避不及，一边手肘拐到那人，害那人跟跄地跌在干裂的地上。

"啊，真是对不起，还好吧？"

跌在地上的人是个女的，她身穿连身黑衣，一头长发散乱地披在肩上，没有半点装饰。

她抬起头，瞳孔中有着恐惧及害怕，苍白的脸色使她看起来异常消瘦，却也显现出她的无助。

像是巫女，却又不太像，她到底是什么身份？

"不要跑，站住！"

Chapter 7 逃踪之旅

她看到韦杰他们背后有人追上来了，连忙又害怕地爬起身，终究还是被追出来的人们给抓住，准备拖回村子里。

"放开我，不要……我不要回去！"

"少啰嗦，快跟我们走！"

"不要……有谁能救我，救命呀——"

※　　※　　※

在山脚下，有一个非常小的村落，人数差不多只有百人左右。

刚才逃跑的黑衣女子现在被关在用木头扎绑成的笼子里，被放置在广场中央，不许任何人靠近。

韦杰及瑶姬随后跟到这小村子里，不明白到底发生了什么事。

只见另外两位身穿黑衣的女子缓慢靠近，来到笼子前，"葵，你跑不掉的。"

"你们两个。"葵愤恨地瞪着她们，"别以为你们不会走上这条路，总有一天这报应会落到你们俩头上！"

祭哼笑着，"我们没你这么差劲。"

"没错，我们不会笨到让自己落到这种凄惨地步。"蔻也是一抹冷笑。

"哼，这种事情可难说。"

"总而言之，你就好好待在这吧，如果你真有本事，就让天下雨呀，只要一下雨，我们还会是你的对手吗？呵呵呵……"

一说完，祭与蘩便相偕而去，嘲讽刺耳的笑声始终回荡在燥热的空气之中。

等到再也见不到她们俩的身影，癸才颓丧地坐倒在笼内，完全地心灰意冷，对自己的未来不敢想象。

瑶姬看了好生气，愤愤不平地冲到笼子前，"你别伤心，我来想办法放你出去！"

"瑶，我也来帮忙。"韦杰随后也跑过来，和瑶姬一起动手准备拆掉这牢笼。

"算了，你们俩就……别白费力气了。"

"为什么？"

她无奈一笑，"就算我逃走，他们还是会想尽办法把我给抓回来的。"

这就是她的命运，无能者最后的下场。

瑶姬不解地皱起眉，"他们为什么要把你给关在这，你做错了什么？"

"因为上天不下雨，因为我这个巫女没有用，所以我就得成为祭品，活活地让太阳给晒死。"

焚巫曝巫之俗，是对无能的巫者一种惩罚，当天下久旱不雨，而巫女又无法祈雨成功的话，巫女就会变成祭品，被人民活活烧死，要不然就将她给活活晒死。

这倒让韦杰想起，他曾经在书中看过类似的记载：

《山海经·海外西经》：女丑之尸，生而十日炙杀之……

天上出现了十个太阳，久旱不雨，因而有人被曝晒在烈日之下，就这样被活活地给晒死。

如果不是亲眼见到，他还真不敢相信真有这种不人道的风俗，巫这个身份对她们来说，是神圣也是可怕的。

遥望不远处的高山，葵露出了羡慕却又嫉妒的眼神，"为什么我无法成为十神巫，这是为了什么……"

那是灵山，十神巫所居住的圣地，外人无法轻易进入。

没有能力或能力不足的巫女，是没有资格进入灵山，只能在这种小小的村落当个半调子巫女，随时有被揭穿把戏的危机在。

瑶姬无法忍受这种事情存在，她激动地对葵说道："只要下雨你就可以出来了？那好，我就替你把雨给找来！"

一说完，她就马上离开广场，韦杰担心地忙跟上，"瑶，你要做什么？"

"去找雨！"

"我的身体健康得很，这一点程度的寒冷对我来说根本就不算什么。"

根本就不算什么……的鬼啦，他都快冷死了，但为了面子问题，关书彦只好咬牙拼了！

看关书彦那硬"GING"住鼻水的表情，巫咸笑了，"你怎么这么爱逞强，这样会比较好吗？"

"总不能眼睁睁看着女孩子受寒受苦吧，这种事我做不来。"

"你还真是的。"

巫咸伸出手，将关书彦的双手给包裹在自己手掌内，将手中的温暖渡给他，且源源不绝。

关书彦有些讶异，因为巫咸的手就像是暖炉一样，能够源源不绝产生温热的气流，因此暖和了他的手。

就……就好像气功。对，就是气功！

瞧他讶异到阖不拢嘴的模样，巫咸笑道："很惊讶？"

"不，是感到很神奇！"

真是奇怪的反应，如果是普通的人，应该都是会被吓着的。

天上这时突然盘旋着三只大鸟，在他们俩面前出现了一个庞大身影，某种粗哑的声音回荡在山巅，"是谁胆敢擅闯我的居所？"

"哇啊啊啊……"关书彦吓得倒退了好几步,怎么会有这么奇怪的人?

只见那人嘴边有两颗尖锐的虎牙,头发蓬松杂乱盖过半个脸,身披长豹皮,看起来非常野蛮,也非常吓人——

《山海经·西山经》:又西三百五十里,曰玉山,是西王母所居也。西王母其状如人,豹尾虎齿而善啸,蓬发戴胜……

巫咸镇静地开口:"西王母,我是咸,会擅闯玉山是希望能请你帮忙的。"

"不帮,请走吧。"

说完西王母转身就要走,关书彦见了忙叫:"等等!"

132

"又怎么了?"

"我们只是想请你帮个小忙,不会为难你的。"

"不送。"说完她又继续往里走。

"哇咧……喂喂喂!"关书彦追了过去,挡住西王母的去路,"你也讲点理吧,需要耍孤僻耍成这副德行吗?"

西王母沉默了一下,"你又是谁?"

"我?我叫关书彦!"

"你是男人?"

"嘎？"她怎么会问这种问题？

"你是男人？"她又问了一遍。

"是……是呀。"

"那好，你留下，她离开。"

"什……什么？"

西王母好奇十足地对他左瞧右瞧，"原来你这个样子就是男人呀，果然和女人就是不太一样。"

居住在玉山之巅，西王母从没见过男人，今天倒是开了眼界，新鲜极了。

也不管关书彦到底愿不愿意，西王母拉着他就把他往前方的山洞拖，"既然你是男的，那就在玉山上多住几天，好让我研究研究。"

"哇咧……研究？我又不是实验品！"

"西王母！书彦！"巫咸担心地忙追上前，事情怎么会变成这样？

就在这时，玉山也出现强烈的震动，摇晃的幅度空前之大，大家都被震倒在地，无法起身。

好不容易，地震终于停了，巫咸和关书彦先后坐起身，有些惊魂不定。

"靠，这比九二一那一次还要可怕！"他都被吓出一身汗了。

"讨厌讨厌，这到底是怎么回事？"

在西王母的豹皮衣下，此时竟然钻出了一个才十五六岁的小姑娘，那高亢的嗓音和刚才简直是天差地远，"我的玉山差点就塌了啦！"

关书彦诧异得话都不会说了："呃？你……你……"

"我怎样？看我长得娇小就以为我好欺负吗？"她一改之前的阴森沉闷，现在倒是变得刁钻蛮横。

"不……不是啦，你……是西王母？"

"怎么，我不配当吗？"

"配配配，怎么不配呢……"他已经快受够她尖锐可怕的嗓音了，好恐怖。

原来那有着虎牙的脸只是个面具，真正的西王母是个清丽小姑娘，让人讶异极了。

这也是巫咸第一次看到西王母真正的面貌，"西王母，为什么你要穿着这身吓人的衣裳？"

"不吓人，你们就会一个接一个上玉山来找我麻烦了！"她有些懊恼地将皮衣从地上拾起，"我警告你们，不准将这件事给说出去！"

"为什么？"关书彦纳闷地问。

"没有为什么，我说不准就不准！"

关书彦想了想，突然扬起奸笑，"我知道了，这是你的弱点，你不想让人知道原来赫赫有名的西王母是个小不点，怕别人看不起你。"

突然之间，狂风大起，让山顶的气温顿时又骤降了好几度，一时之间四周都阴森森的，连西王母那清丽的小脸，顿时也煞气逼人，可怕得紧。

134

巫咸在一旁担心得皱紧双眉，西王母主掌灾厉五刑残杀之气，从来就没有人笨到敢去得罪她呀！

只见西王母漾开诡异的笑，轻轻地、和悦地开口，"你刚才说了什么，请你……再——说——一——遍。"

"我……真的是很对不起——"

8

分离·重逢

两人就像从青鸟翅膀上脱落的羽毛，
无助地朝广阔的大地……

138

八、分离·重逢

巫真，灵山十神巫之一，笑容是她的招牌表情，不管现在的她是喜是怒。

韦杰有些惊讶，他本想见巫咸的，没想到阴错阳差，倒是先见到巫真，"你……你真的是神巫？"

"是巫没错，但我就不知道自己够不够再加个神字了。"

或大或小的余震接着发生，让瑶姬害怕的紧抓住韦杰不放，他不安地问巫真："你说这是灾异的前兆，是什么意思？"

"接下来即将会有一连串的灾难发生，而这，只是个预警而已。"

一连串的灾难？这让韦杰想到地壳变动，不是缓慢如几万年的变化，而是短时间强烈可怕的变动。

如果真是这样，那他们该怎么办呢？

"哎呀，你不要这么紧张嘛。"巫真保持着一贯的笑容，"该让你遇到的就绝对跑不掉，就算费尽心机想逃避也只是枉然。"

"说得这么轻松，如果这个灾异会让大家尽数灭亡，你又怎么说？"

"那这一切……就是命了。"

"我不相信，一定还有什么办法的，一定还有！"

"哦，你真这么不信邪？"巫真倒是扬起一股兴味十足的笑，"那好，我可以告诉你一个方法。"

"真的，什么方法？"

"你可以去找位造物主，那位造物主叫'女娲'。"

女娲？韦杰想起来了，传说中女娲是创造人类的女神，是个很有名的神话人物。

"好，那我就去找女娲帮忙！"

"真是好勇气。"巫真举起手，指着偏西的一个方向，"你往'栗广之野'走吧，那是她最后沉睡的地方。"

"多谢你的相告。"

瑶姬拉拉韦杰的衣袖，"小杰，可是癸她……"

"这……"他差点忘了，还有这个问题在。

他们之前的争执，其实巫真都听到了，她想了想，最后举起手，向天空轻弹一指。

轰隆一声，乌云以最快的速度集结，并下起大雨，解决了此地久旱不雨的情况。

雨打在巫真的脸上，此刻她额上的弯月印呈现鲜红艳丽的血色，"这算是送给你们的临别之礼吧，我只能救她这一次，还有没有下一次，那就很难说

了。"

"这……非常谢谢你。"

"没什么，只是小事一桩。"她对他们俩眨眨眼，便继续朝灵山迈进，只因这天地的异变，与她无关，她没插手的必要。

是好是坏，一切……还很难说……

※　　※　　※

站在玉山之巅，遥望远方山峦，巫咸微微叹了口气，表情是无比的担心。

天地异变，这该如何是好？未来将会发展成什么样的局势，她不敢想象，也不愿去想。

只知道……她是脱不了关系的，这个未可知的浩劫呀……

"你……别过来，可不可以饶过我呀？"

"你躲什么？我只是要你把衣服脱下让我瞧瞧，就这样而已呀！"

"就这样而已？见鬼的就这样而已！"

自从上了玉山，关书彦就一直被西王母缠住不得脱身，他真的怕死了这个外表看似年轻，其实早就不知道活了几百、几千年的老顽童了。

从前山追到后山，又从后山追回前山，西王母终于怒了，她狰狞着脸，高声叫喝："关书彦！"

Chapter 8 分离 · 重逢

一阵寒风从他身后刮起，他吓得只好停住脚步。现在的他是招谁惹谁呀，生为男生又不是他所能决定的！

西王母来到他面前，指着他的鼻头就骂："天底下的男人都像你这样扭扭捏捏吗？只是要你脱个衣服让我看看男人和女人还有哪里不一样，这有什么难的？"

被她这样霸道的追着不放，关书彦也怒了，"你不要说得一副很轻松的样子，有种你就先脱呀！"

"先脱就先脱，这有什么了不起！"

一说完西王母马上就解起自己胸前的线绳，吓得关书彦忙遮住眼，还真是怕了她，"停停停，说说而已，你别那么冲动呀！"

他早该知道和这个未开化的野蛮人是无法沟通的，尤其是眼前这个从未下过山半步的老妖怪。

"要我不脱可以，那就你脱呀。"

"哇咧，我……"

关书彦拼命挤眉弄眼，示意巫咸赶紧过来帮帮忙，但巫咸只能在一旁无奈地叹气，这种事情她帮不上忙，也不知道该怎么帮，她随意插手的话只会让西王母更加不高兴而已。

这个时候……只好委屈关书彦了。

"关书彦，快脱！"

"不脱，打死我也不脱！"

“你再不主动一点，就别怪我……”

强大的地鸣声出现，大地又开始剧烈震动，树木禁不起摇晃而沙沙作响，附近似乎有土块崩落的迹象。

隆隆的声响由后山传来，一阵又一阵，像是某种巨大的崩坏正在开始，西王母听到后顿时惨白着脸，等地震稍微减缓之后，便连忙向后山跑去。

“不会吧，这该怎么办？”

看到西王母异常担心的神情，关书彦及巫咸也赶紧跟上，是有什么可怕的事情发生了吗？

来到后山一座像是火山口的小坡上，坡顶已经因为地震而被震裂一个大缝，并且裂缝还在持续扩大当中，缝内窜出无数的黑色烟尘，直往天际冲上去。

看到这情景，西王母的表情是更加焦虑，如果不赶紧想办法，可是会发生不得了的大事。

关书彦和巫咸随后跟到，看到这直冲天际的烟尘，也是忍不住地诧异，“这……这是什么？”

“停，你们别再靠过来了！”

“为什么？”

“这是原本被封藏在地底的恶厉之气，它的可怕，你们是不会懂的。”

她在这玉山之巅守了几千几万年，就是希望能够避免这事发生，结果没想到，会发生的事，就算她想尽办法，也是阻止不了。

143

长在裂缝旁的小草早就消失无踪，完全被腐蚀掉，四周弥漫着一股难闻的气味，一闻久了，就让人感到头痛欲裂。

西王母向天际吹了一记口哨，三青鸟便出现在天空，接二连三降落在她的左右。

这三只青鸟可以自由变换大小，现在都和西王母一般高，其中一只还将她的虎面豹皮衣给送来，她将全身都隐没在皮衣内，以防被这恶厉之气所侵袭。

她没想到……这件衣裳，最后还是发挥它该有的作用了。

隔着皮衣，西王母对他们俩说道："你们快点离开玉山，这个地方再过不久就会变成一个死寂之地，完全不适合人类生存。"

关书彦问着："那你呢？"

"我不会离开这，我还有未尽的责任要完成。"

巫咸担心地开口："但你不是说这个地方再过不久就不适合人类生存，你留在这不是死路一条吗？"

西王母漾起一抹笑，只不过他们无缘见到，"我和你们不同，我自有在这恶厉之气下生存的方式。"

"可是……"

"别再多说了，大鸳、少鸳！"

她身旁的两只鸟突然开始拍击翅膀，各来到关书彦及巫咸身旁，西王母说着："这两只青鸟会载你们离开，快点走吧。"

他们俩都是一阵迟疑，真的要放西王母一个人在这？

"哦，对了。"像是对这危急的情势一点都不害怕，西王母反而用种非常轻松的音调提到："我的青鸟可是不会白白借你们的，懂吗？"

"那你想要我们做什么？"

"去找个人，帮我唤醒'她'……"

※　　※　　※

乘着庞大的青鸟，关书彦及巫咸以最快的速度离开玉山，朝另外一个目标迈进。

回头遥望玉山，它正被混浊之气给迅速笼罩，前后不过几分钟的时间而已。

西王母吩咐他们去找女娲，还说这青鸟会带他们到女娲沉睡之处，目前有能力挽救这局势的，也就只有造物主女娲了。

现在地震频繁，土地一片狼藉，或许惟一安全的地方，也就只剩这天空了。

"咸儿，你想我们要多久才能到栗广之野呢？"

"如果顺利的话，应该两日之内就会到达。"

但这是在一切都顺利的情况下，巫咸有很不好的预感，这一切绝对不会这么简单，危机像是随时会出现一样。

突然之间，前方的天空出现一只火红的大犬，它移动的速度快如闪电，对天一吼，就像是在打雷一样。

巫咸见到它出现，连忙对关书彦大喊："天犬出现，这是不好的预兆！"

"真的？"

"'天狗所止地尽倾，余光烛天为流星'。天犬在这个时候现身，代表的是灾难，可怕无法避免的祸事！"

湛蓝的天空突然出现无数火红的小光点，然后那光点越变越大，像流星般一一划过天际。

是陨石？关书彦大骂了一声该死，看来连天空也变成危险的地方了！

这种壮观的陨石雨关书彦是第一次看到，但是他宁愿自己永远没有看到的机会，或大或小的陨石掉落在地上，激起另一阵强烈的地壳变动。

146

"咸儿小心！"

一颗大陨石正好朝巫咸头顶落下，速度快得惊人，她和少鸶缺少反应的时间，虽然勉强躲过，巫咸却被急飙的风给扫落青鸟背上，直往地面坠下。

"不——"

关书彦和大鸶急冲过去，好不容易抓住巫咸的一只手，但大鸶实在无法负荷两个人的重量，只能努力维持停在半空不落下的局面。

"书……书彦。"

"别放手，懂吗？"

"可是你……小心天犬！"

天犬趁机从关书彦上方飘过，利爪在他肩上留下好几道抓痕，他咬牙闷哼了一声，却依旧死抓住巫咸不放。

"书彦，快点放手！"

"不，死也不放！"

鲜血从他的肩膀开始往下流，过没多久便沾染上巫咸的衣袖，这让她看了是触目惊心，内心极度的慌乱。

"书彦！"

"你放心，我不会放开你的……"

好痛，手已经痛到快麻痹了，关书彦的意识已经有些模糊不清，但他还是不肯放开手。

另外一颗陨石又朝着他们坠落，大鵹急着闪开，却无法顾及背上的关书彦，一时之间，他被迫放开手，两人就像从青鸟翅膀上脱落的羽毛，无助地朝广阔的大地……

坠落。

※　　　※　　　※

一支羽毛，缓缓地从天际飘落。

因天地异变而奔跑出洞的兔子突然停下脚步，瞧着天空四处飞散的陨石，然而在陨石之间，有支羽毛，正慢慢地回旋飘落。

抱着失血过多而失去意识的关书彦，巫咸正逐步降往地上，她的四周产生出看不见的气场屏障，就这样缓慢地、安全地降落。

额心的弯月印，正在这时闪耀着鲜红色，十神巫和普通巫女最大的差别，可以说就在于额上这枚弯月印了。

这是力量的象征，然而力量就代表了一切。

好不容易才踏到土地，巫咸终于可以松了口气，将他放在一旁的树下，她立即检视他背上的伤口。

"笨蛋，你真是个大笨蛋……"

四道又深又长的撕裂伤，看了真是于心不忍，巫咸拭去眼角忍不住流出的泪，现在可不是伤心的时候。

148

得马上替他将伤口给包扎起来，要不然他绝对会失血过多而死。

两只青鸟一先一后降落在旁，不时地鸣叫，似乎也在担心关书彦的情况，只见巫咸努力漾起微笑，安慰着："他会没事的，我不会让他就这么死去。"

她是巫也是医，只要有她在，她就不会让关书彦死，因为此刻的他还不能死……

※　　※　　※

在前往栗广之野的路上，韦杰和瑶姬看到好多惊慌失措的人民。

地震、陨石坠落，对无知的远古人们是种可怕的力量，但对韦杰来说，这种力量，也让他感到非常害怕。

就算他知道地震是因何而起，就算他知道这从天际飞过的陨石是从何而来，但这自然界的力量实在是太强大，他无力抵抗，只能被动地接受。

瑶姬也对这现象异常的害怕，韦杰只能一路上紧握住她的手，成为她安心的来源。

"小杰……"

"放心，有我在，你会没事的。"

"嗯。"她点点头，对韦杰的话是深信不疑。

是呀，他绝对会保护她的，不管发生了什么事……

逃跑的人们突然发出了惊呼的声音，纷纷看着西方的某片天空，只见原本湛蓝的天空出现了一个小黑洞，似乎有越变越大的趋势。

那个黑洞位于玉山正上方，恶厉之气冲上天际后，形成一道强力的气柱，一点一滴开始扩散，并且侵蚀掉上方的大气层。

就算西王母想尽办法在抑制恶厉之气扩散的速

度，但还是阻止不了它越见严重的破坏，情势已经一发不可收拾。

"怎么办，天破了——破了！"

"天破了，这叫我们能躲到哪去呢？"

"呜呜……我们该怎么办……"

四散的人们此时更加惊慌，有些甚至害怕得泪流满面，韦杰看到也是诧异，他从没见过这样的情景。

天……破了？原来对他们来说，这种景象就叫天破，是传说中的天崩地裂！

如果真是这样，那就表示，韦杰即将看到一场非常有名的神话场面，他有机会能够窥探神话传说最原始的面貌。

原本的害怕全被突然涌上的兴奋与激动盖过，他连忙对瑶姬说："瑶，我们走，我们赶紧加快脚步！"

150

"好！"

只要能尽快到达栗广之野，只要能找到传说中的女娲，他相信，这场自然灾祸应该就能停止，如果远古的神话传说都有一定可靠根据的话。

那家喻户晓的故事，女娲补天……

※　　　※　　　※

当关书彦恢复意识睁开眼时，就发现自己躺在一

个山洞内。

一坐起身，背上突然传来热辣辣的疼痛感，他想起来了，他的背被天犬给狠狠地抓了一下，之后因为太过疼痛，逐渐失去意识，也就不知道之后发生了什么事。

看来，他现在是安全了。

"书彦！"

不眠不休在一旁照顾的巫咸开心地笑着，等了两天他可终于醒了，"你终于没事，太好了，真是太好了……"

守了两天两夜，关书彦一直在发烧的状态之下，她好担心自己救不回他，这种焦心的痛苦让她好难受，都快窒息了。

"抱歉，让你担心了。"

关书彦苦笑着，本来是想救她的，没想到弄到最后，反而是变成她来救他，好窝囊呀。

她激动地抱住他，积压已久的情绪终于可以释放出来，"没事就好，没事就好。"

她真的很怕，怕会就此失去他……

这是因祸得福吗？有巫咸依偎在怀，关书彦也顾不得背上的疼痛，幸福得意地笑，"有你在身边，我才舍不得这么早就离开呢。"

"既然如此，你就不能食言，不能先抛下我离开，知道吗？"

"那是当然，我……"关书彦讶异的一愣，"咸儿，你哭了？"

她试着想忍住泪水，却还是忍不住夺眶而出，紧张的心情一时放松，反倒完全无法克制自己澎湃的情感。

当初为什么不放开她，如果放开她，他就不会被天犬伤到，也就不会受了这么重的伤呀。

关书彦焦急得不知该如何是好，因为他可从没哄过女孩子，"咸儿，别哭呀，你一哭我都不知道该怎么办了。"

"我……"

"啊啊啊……你这样拼命掉眼泪，连我都想哭了。"哭自己的手足无措呀。

瞧关书彦那懊恼却又不知道该怎么办的表情，巫咸虽然还是停不住泪水，但好不容易笑了，心情顿时舒畅了许多。

能看到他恢复以往的活力，不再奄奄一息，对巫咸来说，就是让她心情稳定的最好药方。

关书彦的表情都苦成一团了，手忙脚乱地替她将脸上的泪痕给拭去，"果然呀，女人的泪就像断了线的珍珠，一颗颗直往下掉，怎么掉也掉不停。"

"你这比喻是打哪听来的？"

"忘了。"他哪记得了这么多。

"忘了？你的记性还真是不好呀。"

152

用袖子替他擦掉脸上渗出的汗，巫咸温柔地微笑，"背上的伤还疼吧，我手边还有采回的草药，待会就帮你换上。"

太好了，她印象中的关书彦回来了，就像以前一样……

※　　　※　　　※

越往前走，路就变得越是崎岖，再加上地震造成的地层变动，更是让韦杰及瑶姬寸步难行。

韦杰牵着瑶姬的手，带领她前行，"瑶，小心点。"

"嗯。"

凸起的地层，掉落的陨石，成为阻碍他们俩前行的最大原因，原本平坦的路早已扭曲变形，比爬上一座山还要更费力气。

看着韦杰湿透的背脊，瑶姬难过地皱起眉，她觉得这一路上，她都在替他找麻烦。

或许该说，她也是个绊脚的小石子，让韦杰不能顺利地提早到达栗广之野，只因为带了她这一个累赘。

"小杰，对不起。"

"为什么要突然和我说对不起？"

"因为是我拖累了你的行程，要不是这样，或许你早就已经找到女娲了。"

"你说这什么傻话，我并不认为你是什么累赘。"

"真的？"

"当然是真的。"

不管韦杰这番话到底是真心的还是只在安慰她，瑶姬听了都觉得好开心，能够遇到他，是她这一段日子里最快乐的事。

如果缺少了他，她的生活不知道会有多么的无趣，就这样一直终老下去。

抱住韦杰的臂膀，瑶姬幸福地说着："你真好，我要一直待在你身边，你不能赶我走哦。"

韦杰有些困扰地苦笑，没想到她还真是大胆呀，"我总觉得，你和我认识的一个人好像。"

154

都是这样的天真，率直……

一想到这，韦杰的眼神不由自主的黯淡下来，她回到哪去了？他还遇得到她吗？

她……现在好吗？

"很像？"瑶姬有些吃味地嘟起嘴，"我就是我，才不像别人呢。"

"那是当然，你是你，而她……"

强烈的余震再次出现，震得他们俩都站不住脚，一道深广的裂缝以极快的速度向他们这边蔓延，让人看了是触目惊心。

"小杰，快走！"

瑶姬推了韦杰一把，因为他们所站的地表正被撕裂当中，韦杰惊险地躲过一劫，但是瑶姬却……

"瑶！"

他跪在断壁边，发现这个裂缝深不见底，只见瑶姬坠入黑暗的地底缝隙中，让他连任何挽救的机会都没有。

"瑶，瑶——"

怎么会这样？不，他不能接受这种结果！韦杰试着想要寻找下去的方法，但这怎么可能呢，只要一下去，他绝对也是死路一条的！

天空盘旋着两只大青鸟，它们突然向着韦杰飞了下来，其中一只青鸟背上坐的正是关书彦，"小韦！"

"书……书彦？"

"太好了！"他忙跳下青鸟的背，看到久未见面的韦杰真是有说不出的激动，"原来你还活得好好的，真的是谢天谢地！"

"大鸟？对了！"韦杰也激动地抓住他，只不过他的眸中尽是惊慌害怕，"快！瑶她掉下这缝隙中，你快点叫大鸟飞下去救她呀！"

"瑶？"

"快，再迟就来不及了！"

巫咸疑惑的靠近，"瑶？你说的是瑶姬吗？"

"就是她，快点想办法救救她呀！"

巫咸斟酌了一下，随即对他们俩说道："我负责下去救瑶姬，而你们俩先赶到栗广之野，想办法唤醒沉睡中的女娲。"

这两边的事情都刻不容缓，所以最好的办法是分头进行，同时解决。

韦杰还是非常担心，无法相信她，"你真的有办法独自一人救她？"

"你放心，我可以的。"

"是呀，她绝对可以的。"关书彦拍拍韦杰，要他冷静点，"她可是巫咸，就是你最崇敬的灵山十神巫之一。"

韦杰忍不住讶异着，"你真的就是巫咸？"

只见巫咸扬起淡淡的微笑，柔声开口："我是咸，就如同书彦所说的，是灵山上的巫女……"

9

女神

女娲补天，
虽是神话，
但又何尝不是事实？

九、女神

在前往栗广之野的路上，韦杰不时担心地回头遥望。

巫咸真的能救出瑶姬吗？他好担心，真的好担心……

"小韦，你要相信咸儿呀，她可不像我们俩是个普通人，所以绝对有办法救回瑶姬的。"

"我知道自己该相信她，但就是……"

他就是害怕，极度害怕，而且无法控制这强烈蔓延的情绪。

"别再迟疑了，只要我们尽早到栗广之野，然后唤醒女娲，你就可以回去看瑶姬的情况，不是吗？"

韦杰深吸口气，终于让自己稍微定下心，"我知道。好，我们快走吧。"

经由青鸟的带领，他们终于来到一个有许多奇形怪岩的坡地，这坡地并不是因为地震的影响才变成这样，而是原本就如此。

青鸟说必须要找到进入的入口，但他们却不知该从何找起，没有一个明确的目标，想要在这广大的砾野中找到入口，可不是一件容易的事。

关书彦看了看，当下决定，"小韦，我们分头进行，怎样？"

"好，就这么办。"

烈日当头，晒得人们频频冒汗，关书彦他们可不敢再耽搁任何一点时间，拼命在石群中穿梭，希望能找到进入的方法。

既然是入口，应该会有什么特别的记号才对，要不然他们是该怎样辨别出入口到底在哪呢？

正当关书彦纳闷不已之际，青鸟突然站在某块大石上不停地鸣叫，他们俩随即赶了过来，看看到底是怎么一回事。

来到大石前，石上似乎有某种斑驳的图案，关书彦和韦杰合力将图案上的泥尘给拍掉，最后显现出来的是两条蛇交缠的图腾。

"太好了，小韦，你来帮我。"

"好。"

用力地推推大石，前方土地顿时出现隆隆的声响，一条通往地底的石路正逐渐开展在他们面前，即将带领他们到女娲沉睡之地。

这条地底之路幽森阴暗，看似永无止境，但他们已经没时间顾虑这么多，先走进去再说吧。

关书彦严肃地问着韦杰："准备好了吗？"

"那是当然。"

※   ※   ※

因地震而产生的裂缝，很危险，也很可怕。

碎石不断地崩落，直到地底深处，热气不断地由下涌出，让人不由得流出了一身的湿汗。

越到下方，缝隙越窄，就算是青鸟也难以在这种环境下展翅飞翔，所以只能巫咸一个人小心地降下，寻找瑶姬的身影。

如果不快点找到人，不知道这条裂缝又会在何时因为地震而再度闭起？

"瑶姬，你在哪，听到的话就应我一声吧。"

这底下的光线非常不足，空气中还飘满烟尘，巫咸只能用袖口捂住鼻子，走在崎岖难行的裂缝当中。

"瑶姬，我是咸呀。"

巫咸是依着韦杰所指的地点下来，就算有所偏差也应该不会差到哪去，怎么会找不到呢？

"瑶姬，瑶……"

她一愣地停住脚步，没了声音，眼前的这个情景，叫她该如何是好？

虽然早有心理准备掉下这缝隙中绝不可能完好如初，没受到半点伤害，但现在的情况，就算巫咸是神巫，她也不知道该怎么办。

这……是天意吗？

"瑶姬，瑶姬——"

※　　　※　　　※

走进地底，这是一个奇妙的世界。

地底下原来是一个大洞窟，流水从底下经过，洞窟上方有许多往下延伸的钟乳石，许多早已形成一条条伟大的石柱群。

这是钟乳石洞，没想到女娲会在这种地方沉睡。

这里阳光无法射进，但四周的墙壁却自己产生微弱的光芒，照耀着这地底的钟乳石洞，流水映照着壁上的七彩光芒，让这个地底世界绚丽异常。

踩着自然形成的石灰岩阶梯往更深的部分行走，里面的景象更是奇特，然而直到他们走到最深处，已经没有路可走了，却也没见到女娲的影子。

这是怎么回事？她不是应该待在这吗？

"书彦，四处找都找不到女娲，我们该怎么办？"

"她一定在这里的某个地方，要不然我们分头找找，看哪里还有什么暗道。"

"好。"

他们俩在这附近寻找有没有什么秘密机关，却一点收获也没有，结结实实的乳白墙壁，没有凸出的地方，平平整整，找不到任何缝隙。

难道……女娲已经不在这了？不可能，当他们在地面上打开通道时，一切都像尘封已久，从没人经过的模样。

"真是该死！"

关书彦丧气地坐倒在低浅的水池里，什么都没办法做，只能瞧着头顶有许多水滴沿着钟乳石落下，让水池泛起一波波交相重迭的涟漪。

他们不可能走错的，那现在问题到底出在哪呢？

韦杰也颓丧地坐在后头石阶上，就算心急，却也没有任何办法。

望着前方的墙壁，韦杰的脑筋是一片空白，来到这个世界后实在是发生太多的事，让他非常疲累，已经快要无法负荷。

到底在哪，他们最后的希望……

韦杰原本无神的瞳孔突然亮了起来，有些不敢相信自己见到了什么，他忙对着关书彦大喊："书彦，别坐在那，快点过来！"

"为什么？"怎么突然这么激动？

"总而言之你快点过来啦！"

瞧关书彦拖拖拉拉地才从池子里挣扎起身，韦杰干脆自己动手将他给拖到阶梯后，"从这边看，你看到了什么？"

"什么看到什么？"

"就是前方那面墙呀！"

"那个墙有什么好看的，就白白一块而……"

咦？那一面墙的中间似乎有很大的一块黑影，就像是墙内还嵌了什么东西进去，只因为他们刚才太靠近那面墙壁，所以根本察觉不出有什么奇怪的地方。

难道……那黑影就是女娲？她被封在那块石壁里？

但这也不太可能吧，那块黑影至少有三个人那么高，如果真的是女娲本人，那她不就大得吓死人？

关书彦不由得要怀疑，"小韦，你……真的觉得……"

"一定没错的！"他很肯定地点点头。

既然人家都这么认为了，那关书彦也只好咬牙拼了！"算了，管他真的假的，先想办法弄破这面石墙再说！"

"没错！"

164

两人在一旁各自挑了一块石头，就死命的往白墙敲下去，不过这墙可比他们想象中要坚硬多了，他们敲了好一阵子，墙面上却连半点刮痕都没有。

原本毫无异样的白墙却在这时从深处透出光芒，整片墙顿时明亮了起来，墙中那黑暗的影子此时清晰可见，带有一种神秘气息。

是谁，谁在打扰我的沉眠？

"哇啊啊——"

关书彦和韦杰吓得忙离开这白墙，只因为墙面出

现隐隐的震动，钟乳石洞内回荡着某种女人的声音，四周都有，不像是单单从前方的石壁传出。

是谁胆敢闯入我沉睡的禁地？打扰我者，杀无赦！

脚下的水池开始强烈激荡起来，传达出壁内女子的愤怒，关书彦急切地大喊："等等，我有话要说！"

你死到临头了，还需要说什么话？

"你就是传说中的女娲吗？"

你知道我的名字？是谁告诉你我在这的？

"是西王母叫我来的，她要我来唤醒你！"

西王母？

原本不断跳动的池水顿时平静了下来，壁内的光芒锐减了不少，就像在反应女娲沉思的情绪。

告诉我，西王母叫你来唤醒我，是为了什么？

"天地异变，灾祸不断，西王母希望你能够出现，拯救你一手创造出来的人们。"

拯救他们？哼……

女娲冷哼了一声，好似非常的不以为然。

自我创造出他们后，他们发生了什么事，便已经与我毫无任何关系，现在他们的劫难到了，是生是死，我没必要插手。

"这……这是为什么？"

怎么和他们印象中的女娲不一样，传说中女娲不是非常疼爱她所创造出的人类，并且还帮他们排解灾难？

看来是他们的认知有误，其实女娲并不如神话中所描述的那样慈爱。

那现在……是该怎么办呢？

为了大家的安危着想，关书彦还是想拼一拼，"那西王母呢？你也要眼睁睁看着西王母受苦，现在玉山正受恶厉之气围绕，已经变成一座死寂之山了！"

壁内的女娲突然失去任何声音，完全沉默下来，不知道她在想些什么。

"就算这全世界都毁灭了你也不在乎？你宁愿葬身在这地底石穴也不肯替自己找一条生路？"

他就不相信她真这么绝情、这么冷淡，如果真是如此，当初她就不会因为寂寞而创造出无数的人类了！

"女娲，你真的有办法置之不理？你真的一点都不心疼？"

你不懂，这全是他们逼我的。

"呃？"这是什么意思？

如果不是他们，我也不会这么绝情。

关书彦和韦杰都是非常的讶异，女娲为什么会说出这种话，这其中到底发生了什么事情？

原来女娲真的这么讨厌人类，那么这一切不就没救了？

前方的石壁突然开始融化，全都流入水池里，女娲紧闭双眼，拖曳着如蛇般蜿蜒的下半身，终于出现在关书彦他们面前。

她有三个人高，发长及地，像是巨人一样，如果再加上攀爬在地的蛇尾巴，到底有多长，他们真的没办法想象。

缓缓睁开双眼，女娲的眼睛像是蛇一样，野性十足却又异常美丽，"小子，算你们命大，暂时还死不了。"

"你肯救大家了？"

她冷眼瞧着他们俩，面无表情地开口："我不想帮你们，我之所以会出来，都是为了西王母。"

如果不是西王母，女娲绝对不会出来，死也不会……

※　　　※　　　※

"瑶姬，很抱歉，我所能做的……只有这样了。"

"咸，你别这么说，我很感谢你，真的很感激。"

巫咸难过地皱起眉，"但这件事……你要怎么告诉韦杰呢？"

"顺其自然吧，现在也只有走一步是一步。"瑶姬扬起笑容，似乎已经有所打算。

虽然时间所剩不多，但她不能再奢求什么了。

没想到，她和韦杰之间的缘分……竟是这样的短暂 。

"瑶！"

焦急地从栗广之野跑回来，韦杰终于见到巫咸及瑶姬的身影，只见瑶姬身上受了大大小小的擦伤，脸色苍白得紧，看起来异常的憔悴。

来到瑶姬面前，韦杰担心地问："瑶，要不要紧，有没有哪里不舒服？"

"没事的啦。"瑶姬漾起大大的笑，"就只是一些小伤而已，没什么。"

"真的？"

"你不相信？"瑶姬刻意在他面前转个圈，"看，我真的好端端的，只是衣裳破了点而已嘛。"

168

看她依旧像以前一样活蹦乱跳，韦杰终于可以松了口气，"那就好，那就好。"

心中的一块大石终于可以放下，他终于可以不用再担心受怕，只因为瑶姬的生死不明。

强忍住悲伤的面容，巫咸向韦杰问着："书彦他人呢？"

"他和女娲还在后头慢慢走，我是自己先一步赶回来的。"

瑶姬兴奋地抓住他，"你们找到女娲啦？"

"是呀，这个世界有救了。"

"那太好了，我真替你们高兴。"

"女娲打算先到玉山一趟，我们要跟着一起走，你们呢？"

巫咸率先开口："我当然是一同跟着你们。"

"瑶，你也会和我们一起走吧？"

"我……"瑶姬出现了有些为难的脸色，"我……我不想去玉山。"

"为什么？"

"我想回去，回到我们俩第一次相遇的地方。"

瑶姬露出恳求的眼神，"小杰，陪我回去好吗，女娲的事让咸他们处理就好，你陪我回去，好不好？"

她只剩这一点时间了，她只想要和韦杰好好地相处一段时间。

韦杰不懂为什么她的态度会一下子转变这么多，"瑶，你是怎么了？"

"求求你，就陪我回去吧。"

"可是我……"

"小杰，我求求你……"

"你就陪她走一趟吧。"巫咸笑着替瑶姬说话，"女娲的事有我和书彦在，你可以不需要担心的。"

"对呀，你只要陪着我就好，就这一小段路。"

让她创造两人之间最后一段回忆吧，错过这个机会，就再也不会有下次了……

※　　　※　　　※

重新回到睽违已久的土地上，女娲看着眼前的景象，心中有种说不出的凄凉。

一切都变了，这里不再是她熟悉的那一片乐土。

地震震乱了土地，陨石散落遍地，而远方天空上的破洞，已经大到清楚可见。

真是可笑，她曾经深爱的地方，早就已经不在了，现在在她眼前的，只能算是个完全陌生的世界。

她问着待在一旁的关书彦："小子，告诉我玉山的情况，恶厉之气又为什么会散溢出来？"

"还有什么原因，一切都是地震惹的祸。"

关书彦将他在玉山上看到的事情都告诉女娲，只见女娲边听边陷入了沉思当中，像是在努力寻找解决方法。

地震是地球释放能量的正常反应，经过一连串的扰动，能量释放已经到达一定的程度，因此地震的幅度及频率逐渐在向下递减当中。

趴在土地上，听着由地底传出的低吟，女娲柔声呢喃："该平息了，懂吗，别像我一样。"

她的愤怒何时才会止息？这个问题，连她自己都不知道，她也不想知道。

170

此时巫咸由远方走近，她看到女娲，连忙恭敬地躬身，"能有幸见到您的尊容，我真的很高兴。"

女娲站起身来，居高临下地睥睨她，"别高兴得太早，对于你们，我已经不存半点怜悯之心了。"

"我知道。"巫咸淡淡一笑，能够理解她为什么会说出这样的话。

关书彦来到巫咸身旁，疑惑地问："小韦他们俩呢？"

"韦杰他……陪着瑶姬离开了。"

"什么？这是为什么？"

巫咸无奈地笑着，很多事情，不是他们想要改变，就能改变得成的。

"因为我的还魂术，只能替她挽回……十天的生命……"

※　　　※　　　※

天上的太阳，好刺眼，照得她好难受，体内像是有股无名火在烧。

强忍着身体的不适，瑶姬开心地勾住韦杰，"真好，只有我们俩在一起。"

韦杰纳闷地抿着嘴，"你怎么又突然说起这么奇怪的话？"

"很奇怪吗？我觉得不会呀。"她还是开心地笑

171

着。

"啧，你还真是的……"韦杰无可奈何地摇头轻笑，还真是搞不懂她。

两人一前一后经过条河流，透明及澄黄的两种河水并流而下，瑶姬看了连忙将韦杰给拉往河岸旁，"好热，我们在这休息一下好不好？"

"好呀。"

瑶姬随后跳入透明的那半边河流，让身体浸泡在水中，只因为体内的热火真的快让她无法承受，只好希望能藉由河水的冰凉，降低这种难以忍受的痛苦。

可她还是好热，真的好热……

坐在河岸旁，韦杰倒是对这怪河非常好奇，"我还从没见过一条河流会有两种不同的颜色。"

"这是'寒暑之水'，透明的这边是冷水，澄黄的那边是热水，自古以来就是这样冷热并行，从没间断过。"

"真的这么神奇？"会不会是因为这河流的上游有温泉，所以才会出现这种奇特的现象？

脑中突然冒出个想法，韦杰笑着对瑶姬说："这样好了，改天我们去寒暑之水的上游探险怎样，应该会是蛮有……"

待在河中的瑶姬似乎有些异常，脸色苍白摇摇欲坠，看是要昏倒的样子。

"瑶！"

172

　　韦杰连忙担心地跳下河，正好抱住她往后倒的身子，"瑶，你怎么了？"

　　不碰还好，一碰他才发现原来瑶姬的身体是异常的冰冷，他立即将她给抱回岸上。

　　"热……我好热……"

　　为什么她都已经泡在冷水之中，却还是降不了身体里的热火？她真的好难受呀。

　　"好热？这……这是该怎么办？"

　　韦杰心急得不知该如何是好，"对了，我们可以回去找巫咸，自古巫就等于医，医术最高明的非神巫莫属！"

　　"不……"瑶姬难过的紧抓住他，"我不要回去，我只想和你在一起……"

　　"瑶，这是为什么？"

　　"总而言之我就是不要回去，拜托你……"

　　韦杰紧紧地抱住她，心疼却又一点办法也没有，为什么她会这么痛苦，她到底是怎么了？

　　不对，这其中一定有什么不对劲的事情，要不然她不会变得这么憔悴！

　　"瑶，你是不是隐瞒了我什么事？"

　　她全身冒着汗，却还是笑着，"没事的，只要让我休息一下就好，只要一下……"

　　这一点痛苦才不算什么，她会忍着，咬牙撑住。

朦胧阴暗的烟雾当中,西王母独自一人在玉山之巅行走。

身穿着虎面豹皮衣,这厚重的衣裳会使她行走缓慢,但她没办法,想在这恶劣的环境下生存,这是惟一的方式。

是……该放弃的时候了吗?

来到恶厉之气的缺口,裂缝已经大到她无法挽救的地步,抬头仰望天空的破洞,她惨淡一笑,笑自己的无能为力。

"算了,一切就听天由命吧。"

突然之间,天空中突然飞过一块巨大的陨石,它准确无误地掉入缺口内,让玉山带来了强烈的震动。

174

西王母踉跄地向后退了几步,现在又发生了什么事?

一块大陨石落下后,紧接着而来的便是无数颗中、小的陨石,它们都朝缺口的中央落下,接连不断。

持续落下好一段时间,缺口逐渐被填住,而由地底冒出的恶厉之气,明显减少了许多。

西王母讶异地瞧着这一连串变化,"这……该不会……"

　　在缺口的正上方，飘浮着五块颜色各异的大矿石，只见女娲飘浮在五块大石中间，全身散发出强烈的热能。

　　就像第二个太阳一样，她的光照亮了半边大地，四周的矿石逐渐地增温、融化，由固态转变成液态。

　　玉山的山顶开始下起矿石液态化的热雨，由小小的一点一滴，逐渐变多、变大，最后像是瀑布一样的液态水由天空倾盆而下，全数灌入缺口中，填满了缺口与陨石间的所有缝隙。

　　高热的气体不时由缺口向上散出，接触到干冷的空气，原本融化成液态的矿石开始急速冷却、变硬，填实了所有的缺口，不让恶厉之气再有散出的机会。

　　这一切的转变没花多久的时间，但却彻底解决掉一场差点难以控制的危机。

　　确定已经不会再有恶厉之气向外散溢，女娲向天空上飞高了好一段距离，她的大掌一挥，马上出现一阵小型龙卷风，将飘散在天空中的恶厉之气尽数给吹散。

　　没过多久，天空中被侵蚀的气层慢慢地缩小、复原，再过一段时间，原本破损的地方已经不复存在，天空又是湛蓝的一片。

　　女娲补天，虽是神话，但又何尝不是事实？

　　玉山的恶厉之气也逐渐散去，眼前的视线又恢复清晰，西王母看着女娲由天空上落下，内心有说不出的激动。

没想到……她还是来了。

降落在山顶，女娲扬起了笑容，"好久不见了。"

"的确是很久不见，我还以为已经等不到你出现了。"

"是呀，我本来是不想出现的，但是为了你，我才打破自己的誓言，重新现身在这个早已不再留恋的世界。"

听了女娲这番话，西王母不禁要拧起眉，"已经过了这么久，难道对以前的事情你还是放不开？"

"你是该知道的，我就是这么顽固的人。"

她无奈一笑，"是呀，过了这么久，还是没变……"

女娲没变，西王母没变，她们两个都是同样的顽固，或许再过更久，也不会有任何的改变，就像现在一样。

好久了，从几千几万年以前开始……

176

10

交错的时空

时空的错乱
是他们无法预期的发展，
也因此有了无法弥补的 ... ...

178

十、交错的时空

满天的星斗，好耀眼，好漂亮。

瑶姬一睁开眼，就发现自己被满天的星子所环绕，她什么时候睡着的，怎么连自己都不知道？

一旁枯木被火给烧得噼啪作响，传来微弱的光芒，韦杰就在火旁不时添加木柴，以防火就这么给熄了。

瑶姬好不容易才撑起身，只觉得自己的体力越来越差，"小杰。"

"瑶？"他连忙转过身，心情有些激动，"你可终于醒了。"

看她睡得那么沉，他还担心她再也不会起来，虽然她不说，但他也感觉得出来，她的身体状况非常不好。

之前到底发生了什么事，为什么不告诉他呢？

来到瑶姬身旁，透过微弱的火光，他根本瞧不太出来她的脸色有没有好些，只见她漾起笑，顺势趴在他腿上，看着天上的星子。

"好漂亮的星空，对不对？"

"是很漂亮，在我住的那个地方，想要看到这么完美璀璨的星空，简直是不可能的事情。"

"真的？你住的那个地方，到底是个什么样的世界呀？"

"是个很好，但也很不好的世界。"

瑶姬微微蹙起眉，"我不懂。"

"该怎么说呢，我所住的地方各种知识、生活、文化都很先进，但却是以破坏环境作为代价。"

"既然如此，那你是喜欢你住的地方多一点，还是喜欢这个地方多一点？"

他思考了好一会，才开口："我所住的那个地方。"

这是个很现实的问题，享受过进步文明社会带来生活上的诸多好处，又怎么会习惯原始单调纯朴的生活呢？

"真有这么好？如果有机会，我也想去你那个地方看看。"

"你如果真的来了，我就带你到处去逛，让你瞧瞧许多新鲜事。"

她轻笑了几声，"好呀，我们就这样说定。"

但有没有这个机会，她想……应该是没有的，以她此刻的状况来说……

忙打起精神，瑶姬兴奋地继续问："小杰，你身上有没有什么东西可以给我？"

"东西？"

"对呀，可以留给我的东西。"

他想了想，来到这个世界他几乎什么东西都没带，还有，她要他的东西干什么？

"有没有呀，不会真的连一样东西都没有吧？"

韦杰想了很久，犹豫了很久，终于勉强地点头，"算是……有吧。"

掏掏口袋，韦杰掏出了一颗黄水晶，这是他全身上下惟一可以拿出的东西了，但它所代表的意义，让他有些迟疑，不知该不该拿出来的好。

接过韦杰手中的水晶，瑶姬瞧了一会，便珍惜地放在掌心之间，"这东西送给我，好不好？"

"你要它做什么？"

"等我们俩分开之后，我可以把它当做你，这样我就不会感到寂寞了。"

她希望他能永远陪着她，不过这是不可能的事，所以她只好退而求其次，拿这个水晶代替他，让自己有个寄托之物。

就只是这么一个小心愿，这是她对他最后的奢求，"小杰，可以吗？"

"这个……"

对韦杰来说，这黄水晶是有某种纪念的意义，他本想自己留在身边的。

"好啦，就送给我嘛，小杰……"

他低声失笑着，对瑶姬的缠功还真的是一点办法都没有，"你要就留着吧，但可别弄丢哦。"

"那是当然。"

这黄水晶就代表着韦杰，她怎么舍得丢呢？这是她珍惜的宝贝，就算她要死了，也会带着它一同离去。

将水晶给收进自己怀里，她笑得好灿烂，心中开心极了，"小杰，说说你那个地方的事情给我听，好吗？"

"你要听什么样的事情？"

"什么都好，你讲什么我就听什么。"

"这样啊……"韦杰思索了一会，"那就先从这满天星斗说起，在我们那个地方，将天空的星星都取了名字，有……"

没剩多少时间了，对瑶姬，对韦杰……

※　　　※　　　※

历经浩劫之后的玉山是一片狼藉，像是座死寂之野，万物需要时间重新滋长，不知还要经过多久才能恢复成以往充满生机的模样。

女娲不急着离开，在玉山居留了几日与西王母叙叙旧，而等一切都稳定下来后，关书彦和巫咸想，也是该离开的时候了。

　　两人一同来向西王母及女娲辞行，西王母那一身虎面豹皮衣依旧没脱下，她隔着皮衣开口："你们这么快就要离开了？"

　　关书彦回答："是呀，我们还得去找另一个朋友，所以只好来向你辞行了。"

　　"真是可惜，我才刚要开始喜欢你们而已。"她向天空一弹指，三只青鸟便降落在西王母的身旁，"你们要找朋友是吧，带着我的青鸟去吧。"

　　听到西王母的话，关书彦和巫咸都是无比地兴奋及讶异，"多谢西王母。"

　　"以后有空的话就常上玉山找我谈谈天吧，要不然就我一个人住在这，生活也是挺无趣的。"

　　"那是当然，有空一定会常来的。"

　　"既然如此，就不耽误你我的时间，快走吧。"

　　"告辞了。"

　　瞧着关书彦及巫咸相偕离去，女娲有些不以为然地轻哼，"真搞不懂你，何必对他们这么好呢？"

　　"你又来了。"西王母微微抿着嘴，"真不知道你那死脑筋什么时候才会想透，不再这样钻牛角尖。"

　　女娲半开玩笑地回答："除非这个世界毁灭了吧。"

　　"哦，那看来是有得等了。"

　　移动着蜿蜒的蛇身，女娲仰望着湛蓝的天空，

"他们都走了，也该是我回去继续沉睡的时候。"

"这次沉睡，你打算沉睡多久？"

"我也不知道，因为我本来就没有醒来的打算。"

"那你这次会出来，是……"

女娲扬起一抹悲凉的笑，"如果不是你，我不会出来。"

西王母无言地瞧着她，过了好久，才淡淡地开口："谢谢。"

"这种事就别谢了。还有，你那身皮衣也该脱掉了吧，穿起来怪难看，都遮掉你漂亮的脸了。"

西王母轻笑了几声，"没办法，脱不掉了。"

"为什么？"

她伸起手，只见原本柔嫩纤细的手掌早已布满了可怕的皱纹，像是苍老无比的老妪之手。

"被恶厉之气侵蚀过久，这身皮衣早就与我的肌肤合而为一，再也脱不下来，往后的日子，只有丑陋可怕的西王母，那个永远年轻的西王母，再也不会出现了。"

女娲的脸上是藏不住的诧异，"这……"

"你不需要那么讶异，对于这样的改变，我并不后悔。"

只要她认为，她这样的牺牲值得，那也就够了。

美与丑，她根本就不在乎，比起其他让她更在乎

184

的事情来说……

※　　　※　　　※

乘着青鸟在天空上翱翔，关书彦的心情除了舒爽之外，却也有着担心。

没办法，担心韦杰的情况，怕他会受不了打击。那样的结果……他有办法承受吗？

和关书彦一同翱翔，巫咸有感而发地说着："真没想到，西王母真的会将青鸟借给我们。"

"为什么这么说？"

"因为大家都知道，她住在玉山上从不过问人间的任何事，除去寻找女娲的那次不谈，这是她第一次将青鸟借给人。"

关书彦听了是非常的讶异，"第一次？"

"没错，是第一次。"

"可是……等等，你不是已经借过一次了吗？"

"我借过一次？"巫咸是满脸的困惑，"陪你上玉山，是我第一次见到西王母，我又怎么可能在这之前就借过她的青鸟呢？"

"你真的没借过？怎么会这样……"

关书彦还是因为看过巫咸用青鸟来寻人，才会提议上玉山找西王母的，怎么她现在反倒说她从没见过青鸟，到底是怎么一回事？

185

我是咸儿，你不是本该认得的？

他的脑中突然出现第一次见到巫咸时她所说的话，还有她对他的反应，那时的情况不管怎么看，都像是巫咸已经认识他有一段时间，然而他对她却一点印象也没有。

你……怎么知道我的名字？

将脑中思绪推到第三次见到巫咸的情况，整个情形是完全颠倒过来，她脑中完全没有他的印象，就像他第一次见到她时一样。

这其中最重要的症结点，到底在哪，他怎么想不透？

"对了，该不会是在穿越时空的时候发生了什么问题吧？"

如果一个人只穿越一次时空，是不会有什么问题，但一个人如果来回穿越了两次时空，他第二次回到的过去时代，真有办法保证一定是在第一次穿越时空之后的时间吗？

当你穿越时空后，你就不能保证会回到哪个朝代、哪个时间点上，因为这是你无法控制的事情。

以关书彦来说，他第二次穿越时空的那个时间点的确是在第一次穿越时空的时间点之后，因此他们俩之间没有什么问题产生，但是第三次呢？

惟一可以解释的原因，是因为他第三次穿越时空之后，他来到的是一个更早的时间点，比他第一次见到巫咸那一次还要早，所以才会产生他第一次见到巫咸时，而巫咸却早已认识他，而巫咸第一次碰到他时，他早在其他的时间点上见过她好几回。

就是这样的时空错乱，让他们俩之间出现了这种问题，说不定当关书彦下一次再穿越时空的时候，他会来到一个更早的世界，一个连巫咸都还没出生的时代也不一定。

关书彦恍然大悟地喃喃自语："原来是这样，难怪……"

"难怪什么？"

"难怪为什么我认识你，你却不认识我。"

巫咸听了是一脸的纳闷，"我听不懂。"

"听不懂也没关系，就当作刚才的话我没说吧，反正连我都不知道该怎样向你解释你才会懂。"

他们俩之间的缘分还真是奇妙呀，竟是这样的不可思议。

"对了咸儿，如果下次你遇到我时发现我像是得了失忆症，别太讶异，当我在发神经就好了。"

"发神经？"巫咸失笑了一声，"我觉得你现在就像在发神经。"

"你不要笑呀，我是很认真的。"

"好好好，不笑不笑，我们还是赶紧去找韦杰他们吧。"

他们俩之间，注定这样的相遇，像是奇迹一样，一层一层地缠绕，互相交织起两人的点点滴滴。

　　未来，还长得很……

※　　　※　　　※

　　瑶姬觉得，她的身体已经到极限了。

　　这样的时间真的是太短暂，她还不想和韦杰分开，她想继续待在他身旁呀。

　　"不要……不要带我走……"

　　"瑶，你怎么了？"

　　"我不想走……"

　　瑶姬脸色惨白，冷汗直流，她再也禁不住地倒在韦杰怀中，气若游丝地低喘着气。

　　韦杰吓得紧紧抱住她，内心的恐惧迅速扩大，再也难以控制。"瑶，你睁开眼睛看看我，不要吓我呀！"

188

　　为什么，她为什么就是不告诉他怎么了，这只会让他更加担心而已呀！

　　"瑶！瑶……"

　　瑶姬勉强半睁着眼，微笑着，"小杰，我要告诉你一个……秘密。"

　　"你说，我在听的。"

　　"但你要答应我，听了之后……不能生气哦。"

　　"你说吧，我不会生你的气。"

他为什么要生她的气？他连关心她、心疼她都来不及了，又为什么会生她的气？

"那好，我要说啰。"她喘了好几口气，才又继续说："其实……我在掉入地震裂缝的那一刻，就已经……死了。"

韦杰的心脏突然紧缩着，就像是被人给狠狠掐住一样，她刚才说了什么？

"死了，我早就……死了。"

当巫咸找到她时，她早就已经没有任何气息，连个挽救的机会都没有，但巫咸还是在她身上施了还魂术，让她还有十天的还魂时间。

韦杰讶异得说不出话来，他不敢相信这是事实，事情为什么会变成这样？

"咸的还魂术只能让我再多活十天，等十天一到，我就一定得……走。"

"不，不会的！"韦杰慌乱地叫喊，他才不要相信，"你只是唬着我好玩的，是不是？"

瑶姬惨淡地笑着，"如果是……那不知道该有多好。"

这是事实，上天注定他们俩之间的缘分仅止于此，她多要了十天的缘分，已经是上天所能容忍的最大极限了。

她终于忍不住眶中的泪水，任其自然滑落，"其实我不想离开你，我好想永远和你在一起……"

"那你就不要走，我们永远在一起呀！"

韦杰也忍不住掉下眼泪，他没想到会是这样的结局，这让他好痛苦，简直是生不如死。

"你……生气了？"

他擦掉脸上的泪水，强装笑容，"不，我不在生气，我没有生气。"

"真的？那就好……"

瑶姬疲累地闭起眼，她已经看到自己的生命走到尽头了，"小杰……离我们相遇的小土崖……还有多远呀……"

"快到了，就在前面不远的地方，我带你回去。"

韦杰将瑶姬给打横抱起，强忍着悲痛继续往前走，她好轻，几乎快要没什么重量，就像在宣告她的生命即将消逝一样。

190

"瑶，你再撑着点，就快到了。"

"嗯……"靠在韦杰的怀中，瑶姬觉得好幸福好幸福，就算还有什么未完的遗憾，她也该满足了。

"小杰，我好想……好想到你那个世界……看看……"

他哽咽地说着："好呀，你如果真的来了，我就带你到处去逛，让你瞧瞧许多……新鲜事。"

"真的哦。"

"当然是真的，只要你来……的话。"

不可能来的，两人再也见不到面了，他们的缘份就只到这为止。

瑶姬用最后一丝力气漾起幸福的笑容，"小杰……我很……喜欢你……"

笨蛋！你这么做到底是为了什么？

为了什么？那还用说，因为我很喜欢你……

韦杰内心莫名地一震，这一句话、这一种感觉，为什么会让他异常地熟悉？

"我是真的喜欢你……很喜欢……很喜欢……"

我是真的喜欢你，很喜欢很喜欢……

"很喜欢你……从见到你的第一眼……开始……"

脑中出现那时被蚕茧缠住时小仪的模样、声音，那时的她居然和现在的瑶姬重迭起来，让他非常的震惊。

是她吗？真的是她吗？

"当我去找你时……你一定要陪我哦……"

和小仪之间的回忆顿时涌起，他的躲避、她的追逐，她莫名的执着，只因为想要和他在一起，没有任何理由的。

太好了，我终于找到你了！

他和小仪的第一次相遇，她就高兴地扑到他怀中，像是找了他好久一样，他对这事情始终就是不明白，直到现在……

191

不会吧？难道他早已错失两人第二次相遇的机会了？

"……杰……"

流下最后一滴泪，瑶姬倒入他的胸膛，再也没有任何声音，韦杰呆愣地站在原地，脑中是一片空白，完全停止思考。

不知道过了多久，他抱着瑶姬跪在地上，终于忍不住痛哭失声，为什么上天要这样捉弄他，让他到现在才知道自己当初做错了什么？

他不该对小仪那么凶，他不该始终将她给排拒在外，因为她……她就是瑶姬呀！

"为什么，这是为什么……"

时空的错乱对关书彦及巫咸造成了影响，也对韦杰和瑶姬造成了影响，这是他们无法预期的发展，也因此有了无法弥补的……遗憾。

关书彦及巫咸此时才赶到这，只见到韦杰抱着瑶姬痛哭失声，他们虽然难过却也无法做任何事，只因这是既定的结局，早在十天之前。

命运……时常是爱捉弄人的。

瑶姬死了，他们将她给葬在和韦杰第一次见面的土崖上，过了一年之后，土崖上冒出了一株小植物，巫咸见到便将它给挖了起来。

然后，关书彦带回了那株植物，种在韦杰他们古董店门前，后来那植物开花了，是朵奇特的黄色花

192

朵。

而这植物，就叫——瑶草。

※　　　※　　　※

坐在古董店内，韦杰是显得无精打采的。

韦爷爷看了忍不住拼命摇头，他这种失神的情况已经持续好一阵子，问他发生了什么事，他又不肯讲。

"唉，这是该怎么办呢……"

古董店大门被人给推开，原来是关书彦过来，他往店里瞄了瞄，在和韦爷爷打声招呼后，便直冲到韦杰面前。

"小韦。"

"嗯？"他有些无神地望着关书彦，"书彦，是你呀。"

"不是我还会有谁？"他看到韦杰这副要死不活的模样心中就有气，忍不住哇啦啦地大叫："你给我振作一点，打起精神来呀！"

他有气无力地说着："书彦，你很吵。"

"我就是要吵你，你又能怎样？"他气得将韦杰从椅子上拉起，"走，现在就跟我出去！"

"我为什么要跟你出去？"

"我真的好想狠狠地痛扁你一顿，看你会不会振作清醒点，再颓废下去你以为她就会回来吗？"

韦杰苦笑着，她会回来吗？他还真希望她会回来。

"书彦，她会回来吗？"

"哇咧……我拜托你恢复你该有的理智吧！"

关书彦气得直接把他给往门外拖，有什么事情都到外面解决去吧，以免让韦爷爷看到他在欺负他们家的宝贝孙子，因而对他印象不好。

门开、门关，古董店内顿时清冷了起来，少了关书彦在那鬼吼鬼叫，说实在话，的确是让韦爷爷耳根清静了不少。

只不过他根本没多少清闲的时间，在关书彦他们离开后没多久，马上又有另外一个人开门进来了。

"欢迎光……咦？小姐，你来啦。"

白衣女子温柔地笑着，"韦老板，辛苦你了。"

"哎呀，说什么辛苦不辛苦的，你这样只会让我不好意思而已。"

"怎么会呢，向你说声辛苦是应该的。"她往门外瞄了一眼，"对了，你的孙子怎么看起来……有些憔悴？"

"我也不知道那个小兔崽子是怎么搞的，可能……可能是失恋了吧。"根据他刚才听到的关书彦说法，十之八九准没错！

"失恋？他的对象是谁呀？"

“呃……”他要晓得就好了。

“算了算了，我们就不要谈那小子的事了。”韦爷爷殷勤地请白衣女子坐下，"小姐，我上次去大陆时带了罐好茶回来，你先坐一会，我泡给你喝。"

“韦老板，麻烦你了。”

“不麻烦，一点都不麻烦。”他笑着走进里头的小厨房，"你等等，马上就好。"

“失恋呀……”白衣女子莫名地笑着，不知道是在笑韦杰傻，还是另有深意。

她会回来吗？谁知道……

终章 花开

期待………

来年的花开………

十一、终章·花开

时间不停地往前流动，已经过了半年，韦杰从原本的颓丧不振，终于慢慢地恢复过来，重新过着正常的生活。

一切都和以往一样，他白天上课，下了课就去爷爷的古董店里帮忙，还要不时分神应付关书彦因为乱碰山海经图而闯出的祸，生活虽不能说是惊险十足，却也够"多彩多姿"了。

"小杰，帮我送个古董去给客户。"

"好的，爷爷。"

拿了要给客户的小箱子，韦杰一如往常般摇身一变成为送货特派员，摊开纸条上的地址，他开始思考自己该怎样到达那个地方。

途经店门前的花圃，他突然愣了一下，脸上有种说不出的惊喜。

原本早已枯萎的瑶草没想到发出新芽来了，正在逐渐茁壮当中，他不由得蹲下身，有些激动地瞧着这小植物。

"原本还以为……你早就已经不会活了……"

Chapter 11 终章·花开

　　韦杰欣慰地微笑，心中突然有种踏实感，在瞧了它好一阵子之后，他才起身准备去送货，再不去又要被爷爷骂的。

　　暖风吹起，草叶迎风摇摆，小小的瑶草也在翩翩起舞，看起来好兴奋、好快乐。

　　期待……来年的花开……

图书在版编目（CIP）数据

幻境迷踪／巫灵著．—太原：北岳文艺出版社，2005.9
ISBN 7－5378－2798－2

Ⅰ.幻... Ⅱ.巫... Ⅲ.长篇小说－中国－当代
Ⅳ. I247.5

中国版本图书馆 CIP 数据核字（2005）第 108390 号

本著作 2005 年于台湾出版，有关本著作所有权利归属于巫灵。
简体中文版权 2005 年经由狂龙国际正式授权予北京邦道文化有限公司。

幻境迷踪

巫灵 著

*

北岳文艺出版社出版发行（太原市并州南路 199 号）

*

北京鑫瑞兴印刷有限公司印刷

*

开本：880×1230 1/32 印张：6.5 字数：95 千字
2005 年 10 月第 1 版 2005 年 10 月第 1 次印刷

*

ISBN 7－5378－2798－2

I·2732 定价：16.00 元